二二常公園

故事貿易公司
張西

suncolor
三采文化

●●●「富，是滿足於自己的正常性，
並具有理解它的能力。」

——William T. Vollmann

contents

目錄

chapter 1

無傷大雅的傷心

那些事情明明只發生一次，
後來的我卻會被反覆傷害。

很多人長大以後就都不會受傷了，
不知道那些傷口都去了哪裡。
它們還會再出現嗎？

01

十月底的台灣起風時特別舒服，陽光很剛好，溫度也很剛好。若感覺到熱或冷，那樣的熱和冷都不會真的惹人討厭。幸子在初秋的時候特別喜歡盯著滿地的落葉，面無表情但心滿意足地踩踏過去。彷彿正在把善感的心碾碎，以為就此便能永遠堅強。幸子認為人的脆弱來自善感，幸子討厭善感，自己卻特別容易多愁。於是她也一併不喜歡自己身上有這樣的特質，她總是用冷漠的表情和話語將自己的善感隱藏起來。可是，至少妳知道自己身上有什麼，後來楊思之會這麼告訴幸子，這些東西組合成了很剛好的妳。

幸子住在二常路上的一間舊公寓裡，二常路是離學校不遠處的一條小路，旁邊有一個正圓形的二常公園，公園裡最多的是楓樹。每天早上五點半，清道夫會準時出現，拿著笨重的掃帚將手掌般的落葉掃進大大的垃圾袋。有時候幸子失眠，會走下樓去，在清道夫出現以前把那一地的落葉隨意地集中在一起，然後在上面踩呀踩。當她從遠處看見清道夫一跛一跛地走來，她才會心甘情願上樓。她從來沒有和清道夫說過話。她不喜歡和陌生人說話，尤其是早餐店老闆娘、書店店員、公車司機這些散布在城市裡的隨處可見的陌生人，幸子覺得他們是城市的樣子，卻沒能決定城市的運作，若有一天消失了也不會留下任何痕跡，每個角色總是能有接替的人。就和她自己一樣。若必然會灰飛煙滅又何必群聚成一個一點也不安全的沙塔。上樓後幸子會再睡兩、三個小時，或是拿出畫紙將還沒完成的素描進度繼續推進，然後才頂著還尚為新鮮的陽光去上課。

這天也是一樣。初秋的清晨已經開始有了涼意，五點左右幸子披著一件小外套出門。她坐在公園的石子階梯上，雙腳踏著胡亂蒐集的一小堆落葉。這段時光通常很安靜，除了樹葉交頭接耳的沙沙聲以外，幾乎沒有別的聲音，就像她的畫。幸子認為顏色就是畫像的聲音，可惜她總是不懂得如何用色。

而偶爾，偶爾會有破壞這段時光的不討喜的不速之客——一輛黃色計程車駛進二常路，停在二常公園前面。幸子知道車子裡的人是誰，她將頭低下，裝作沒有看見。

「幸子。」那個聲音叫住她，是楊思之。幸子仍沒有抬頭。楊思之是她的室友，她不喜歡楊思之。「妳又在踩樹葉呀，」楊思之說：「我也要把我的昨天踩死。」她邊說邊露出一個溫婉的笑容，這時候幸子才抬起頭看向她。楊思之沿著公園的直徑走向幸子，她穿得很美，長長的捲髮披在肩膀上，深色小洋裝把她筆直的雙腿襯得更加白皙乾淨，對比著她濃妝豔抹的臉上有兩條黑黑的淚痕，楊思之的眼睛周圍被哭得很是難看，包裹著慘澹的眼神。

又去喝酒，幸子面無表情地想著，每次妳的善感被踩死了妳的荒唐也還是會活過來。楊思之因為喝醉的關係腳步有些踉蹌，一個沒有踩穩就跌坐在地上。幸子沒有走過去扶她。

「妳一次都不願意扶我。」楊思之坐在地上哭了起來：「我們大一的時候還同組做報告。」幸子沒有說話。「你以為不說話很清高嗎，不說話的人是最懦弱的，自以為沉默是怕說出來的話會傷害別人，其實是不想傷害自己。」楊思之繼續說著：「就算沒有說出口，傷害也已經成立了！」帶著濃濃的哭腔。幸子嘆了一口氣：「起來吧。」這樣的景況在這幾年裡頻繁地讓幸子知道楊思之在說的是淩晨那個讓她掉下眼淚的人。楊思之好看的外貌似乎並沒有讓她的感情更順利，總是不斷地戀愛，不斷地失戀，再繼續不斷地戀愛。楊思之聽話地從地上爬起來，她走近幸子，然後在幸子旁邊坐下，繼續抽噎抽噎地哭。

「膝蓋還是不會痛嗎。」幸子問，眼睛靜靜地直視前方。

「嗯。」楊思之說。

幸子將頭微微轉向楊思之，身體向前傾想看看楊思之的膝蓋有沒有受傷，接著幸子看見些微的破皮，但仍然像過去任何一次受傷一樣，沒有任何紅腫甚至瘀青。幸子又嘆了一口氣：「妳好像永遠都不會受傷。」在幸子的認知裡，這並不合常理，但幸子找不到原因解釋，索性也就習慣性地把它當作楊思之身上正常的異狀。不是有很多這樣的情況嗎，一個人身上若有著之於多數他人而言的差異，便往往會被指認為異狀，如果不是處於他的生活周遭的人，怎麼會知道那在他自己的正常性裡是屬於必然。偏見和衝突大概就多來自於我們容易搞混自己與他人的正常性。

「很多人長大以後就都不會受傷了。」楊思之說：「是妳很奇怪。」她沒有看向幸子。楊思之將手覆上自己的膝蓋，以食指和中指的指腹輕觸自己，她感覺到的只有些微粗糙的觸感，沒有任何疼痛。不知道那些傷口都去了哪裡。它們還會再出現嗎。楊思之沒有繼續往下想。「妳才奇怪。」幸子說。楊思之若無其事地將手縮回。

沉默了一會兒後，遠處有個熟悉的身影慢慢靠近。「清道夫來了，我要回去了。陽台還要打掃一下，今天新室友要搬進來。」幸子站起身，沒有等楊思之反應，她已經沿著楊思之剛剛走過的公園直徑往舊公寓的方向走。楊思之趕緊站起身跟在幸子身後，她邊走邊因為小洋裝的露肩設計被清晨的涼意撫上而打了一個噴嚏。幸子聽見了，但她沒有回頭，只是將自己交叉在胸前的雙手把外套抓得更緊一點。

清道夫的身影在清晨顯得特別單薄，他拿著稻草製成的掃帚，沿著二常路緩慢地掃著，二常路的一邊是舊式公寓，一邊是行道樹，他熟練地數著經過的矮房，一間、兩間、三間，整排都掃完後他才會走進公園。幸子和楊思之就住在最後一間的二常公寓裡。因為是邊間，所以這裡人們總直接將那間稱為二常公寓。

「阿伯，辛苦了。」說話的是一個捲髮及肩的女孩，清道夫抬起頭，但沒有看清楚她的臉，她也沒有真的看向清道夫，只是拉著坑坑疤疤的正紅色行李箱繞過那些被聚集起來的落葉，一邊咕噥著：「到處都是棉絮，真麻煩。」

清道夫聽見後皺起眉頭，他並沒有看見任何的棉絮。他抬頭看向逐漸染上橘紅色的楓樹，和些許飄落的紅色樹葉，然後繼續手上的動作。

02

舊公寓最裡面的房間一直沒有人住，儘管那間房間裡有一個小陽台和獨立的衛浴設備，許多來看過房子的租客仍因為覺得氣氛有些晦暗而婉拒。前陣子房東才分別寄了簡訊給幸子和楊思之，告訴她們今天會有一個新房客要搬進來。幸子雖然不太在意，卻還是有些好奇。這個房客連房子都沒有看過，至少在她和楊思之的印象裡，房東並沒有帶陌生的人來看過房子。最奇怪的地方是，現在已經過了租退房的熱季。不過幸子想，多一個人也挺不錯，不然這房子裡總是只有她和楊思之，更不自在。儘管幸子起初對楊思之並沒有特別好或壞的印象，是在後來幸子才漸漸有意識地和楊思之保持距離。

幸子將前陽台做了一些簡單的整理，同時也把曬乾的衣物收進房裡，包括楊思之的。楊思之一回來就睡著了，幸子沒有打開楊思之的房門，她將楊思之的衣物放在楊思之的房門口，並順手將貼身衣物藏在暗色系的外著衣物下面。幸子在沒有安全感的地方對於私領域的保護總是加倍謹慎。接著她走進舊式的廚房，廚房的地板鋪的是那種酒紅色的老式磁磚，磁磚與磁磚貼合的縫隙中已經看不見從前米白色的樣子，幾乎都是黑色的。她將冰箱打開，確認冰箱裡有些許空間可以讓新室友放新的食材進來。

客廳上的舊時鐘顯示現在的時間是六點三十六分、或是三十七分。是那種木色的大時鐘，還有銅色的鐘擺。幸子喜歡觀察顏色，那是她不懂卻渴望靠近的地方。幸子盯著時鐘，覺得時間是很奇妙的事物，看似有形實際上又好像是無形的，只能透過鐘擺或各種字型的數字存在著，就像人一樣，透過各種語言、角色與脾氣而存在。新房客並沒有讓幸子陷於這種不必要的善感太久。大約六點四十分，門鈴響了。幸子回過神，這裡平常沒有什麼訪客，她幾乎是第一次聽見這間舊公寓的門鈴聲，老派得令她覺得不合時宜。她走向大門，將生鏽的淡藍色大門打開。

「妳好。」幸子說。新房客正低著頭，手上捧著比掌心大一些的手機，螢幕大概占了手機的一半，手機上的按鍵很精緻，新房客打字的聲音噠噠地傳入幸子耳裡，樓梯間的小窗戶溢了一些微弱的光線進來，那畫面很平靜。新房客將頭抬起來看向幸子，接著她的眼睛在一瞬間瞪得異常的大。

「妳……」新房客露出一臉驚恐的表情，她的雙眼看向的不是幸子的臉，而是幸子的頭頂。

「怎麼了嗎？」幸子掛著冷靜的表情，淡淡地問。

「喔，沒事。」新房客發現自己的反應有些過度，趕緊恢復神情。「妳好。」新房客說：「不好意思吵醒妳了。」

「不會，我習慣早起。」幸子說。她一邊協助新房客把行李搬進來，同時從餘光中觀察著新房客，一個不算胖也不算瘦的普通女子，臉蛋上有少許雀斑，一頭及肩的捲髮，和一口偏暗紅的唇色。

「謝謝妳。」新房客說這句話時不是盯著幸子的眼睛，而是盯著幸子替她搬動行李的手，接著又將目光移向幸子的腳趾，最後才環顧這間房子一圈。

「不會。」幸子領著新房客走向最裡面的房間：「如果有任何問題再跟我說，或是，也可以直接找房東，看妳方便。」

「嗯。」新房客點點頭，臉上有著奇怪的表情，尤其是和幸子對到眼的時候。「請問，另外一個房客是住在……」新房客忍不住問。

「鵝黃色門簾那一間。」幸子說：「她叫楊思之。」見新房客並沒有將目光移至楊思之的房門，幸子便繼續說：「我叫做幸子安，可以直接叫我幸子。」

「嗯……。妳……」新房客的視線原來已經停在幸子身上許久，她看著幸子的頭頂：「好漂亮。」新房客說。幸子皺起眉，鮮少人會稱讚她漂亮，幸子並不是一個漂亮的女生。她看著新房客，接著跟從著對方的目光，也朝自己的頭頂望去，但她什麼也沒看見。想來新房客的這席話是莫名而多餘的，並不是讚美。

「噢，不好意思，妳可以叫我艾瑪。」新房客似乎意識到自己的失態，匆促地說：「我要先整理房間了，今天謝謝妳。」不等幸子說完還掛在嘴邊的不客氣，艾瑪就已經將房門關上。幸子面無表情地站在門外，她覺得艾瑪很奇怪。

艾瑪一進房間後才敢將眉頭深鎖，此時艾瑪的心裡想的除了幸子，還有住在這裡的另外一個人，她告訴自己必須要遠離那個人。艾瑪先隨意地掃視她的小房間，接著打開衣櫃和書桌的抽屜，彷彿在檢查什麼，然後她走進廁所，洗臉槽正上方的鏡面有一層厚厚的灰塵，她伸出食指在上頭畫了一個「一」字，從那個縫隙中她清楚看見自己的眼睛，她深鎖的眉頭才逐漸淡去。艾瑪挺喜歡這個環境，夠安靜又夠隱密。她走出廁所，將自己呈現大字型地躺在雙人床上。望著天花板，艾瑪鬆了一口氣，她的世界終於安靜了。這是艾瑪第一次離家，她完全不知道租房子應該要注意些什麼。當時只是看見這間房子離學校近又便宜，而且僅限女學生，她馬上就約房東簽約。艾瑪只想盡快離開那個地方。

艾瑪不知不覺就睡到下午，起床時已經是兩點多，少許陽光從狹小的陽台灑進來。她將自己的被單拿出來晾在陽台，希望關於那個地方的味道能一併被曝曬蒸發。這個床墊應該很久沒有人用了，艾瑪將床墊直立起來，雖然她的個子不算嬌小，不過雙人床墊仍耗了她一些體力。她想將床墊推出去陽台也曬一曬，過程中看見雙人床側邊有東西在蠕動。是蟲。她吸了一口氣。不知道那是什麼蟲，總之這個床是不能睡了。艾瑪馬上打了通電話給房東，她的語氣有些生氣。

「我必須要換一個新的床墊，這件事今天就要解決。」艾瑪說：「我願意自己出錢，但之後我要帶走。」房東和艾瑪商議了一會兒後，房東尊重艾瑪的決定。艾瑪如此執著只是想要藉此展現自己有權力決定一些事情，比如離開的權力，比如換一張床的權力。清透的年紀裡，拚命地想以權力證明自己，添增自己在別人眼裡的重量，往往才以為那表示著長大。而自己是否有能力負擔這些選擇之後的結果，不盡然是要緊的事。船到橋頭自然直，總會有辦法走過去，年輕的氣焰總是轟轟烈烈。

當時的艾瑪還並不知道，結果的負擔其實並不止於個人，決定改變自己以後，也許也改變了別人。後來有很長一段時間裡，艾瑪都以此自豪。我十八歲做的最好的決定，就是搬出家門、告訴我的父母我再也不會向你們拿任何一毛錢，我甚至擁有了人生中買過最貴的東西，三萬塊的床墊，啊，你知道的，睡眠很重要，休息是為了要走更長遠的路。引用著一些俗諺，學著大人說些有模有樣的話，更像是大人一樣地包裝著希望被認可為重要且偉大的自己所做的事，這些話語裡直觀的意涵往往並不真的重要。

那一晚床墊送來時，艾瑪很興奮，儘管她的戶頭在買完床墊後剩下不到一千元。艾瑪很高興自己正在行使這莫大的權力：以所有積蓄去換一個新的開始。送貨員將床墊送到二常公寓時恰巧幸子不在，楊思之正好要出門，於是艾瑪才第一次看見楊思之。

「妳好，我是思思。」楊思之禮貌地向艾瑪點了點頭，並露出她慣有的好看的笑容。艾瑪沒有表情，她甚至不願意正視楊思之，只是直直盯著楊思之的手：「妳好。」艾瑪小聲地說，聲音有些發抖。

「需要幫忙嗎？」楊思之看著直立在門口的床墊，淡淡的笑容仍掛在臉頰上：「我不趕時間。」

「沒關係。」艾瑪迅速地拒絕：「我自己可以。」她一手故作忙碌地將及肩的捲髮勾向耳後，一手作勢要開始處理那張昂貴的床墊。楊思之尷尬地收回笑容，將身子側身地繞過床墊走出公寓的大門。艾瑪盯著楊思之的腳。楊思之在門口的鞋櫃旁杵了一會兒，然後挑了一雙淺色的高跟鞋，微微彎下腰，將腳放進鞋子裡。楊思之的餘光告訴自己，艾瑪正盯著自己的鞋子。楊思之有些不自在，她對艾瑪點頭示意後，便快步離開。

艾瑪的眉頭深鎖，等聽見一樓的鐵門被關上，確認楊思之已經走遠後，她繞過自己的床墊，走向鞋櫃。楊思之的鞋櫃上有一塊和她的門簾一樣的鵝黃色布簾，布簾上有一些刺繡的圖騰，是好幾片精緻的綠色葉子，就和門簾上的一樣，像一個小公主，精緻得很一致。艾瑪仔細地看進楊思之的鞋櫃，裡面有很多雙漂亮的鞋子，整齊地排擺在那兒。艾瑪伸手去拿出其中一隻白色的布鞋，看得出來已經穿了好幾年，但是內裡和表面都維持得很乾淨，像是有定期清潔的習慣。接著艾瑪將白色布鞋放回去，拿出另外一隻深藍色絨布材質的包鞋，內部的鞋墊是淺米色，一樣保持得很乾淨。艾瑪並沒有將鼻子探過去，雖然她很想這麼做。至少依據目前的觀察，這些鞋子都被保養得很好，也沒有過分的異味。對，沒有過分的異味。

「妳在幹嘛。」幸子的聲音從背後傳來，艾瑪手心一震，還好手上的鞋子沒有掉落。

「鞋子很好看。」艾瑪說。她沒有多做解釋，也沒有看向幸子，只是迅速地將鞋子放回鵝黃色的鞋櫃裡，然後自顧自地將床墊往房內推進。艾瑪顯得有些吃力，但是幸子沒有出手幫忙，只是站在那兒。

等艾瑪將床墊推進房間後，幸子趁著艾瑪準備將門關上的小空檔走上前去：「這是楊思之要給妳的禮物。」艾瑪愣愣地看著幸子伸出的手，幸子的手上拎著一個米色的袋子，是名牌香水，艾瑪只從雜誌上看過這個牌子，家裡的經濟從來不允許這樣的香水出沒。「她說是見面禮。」幸子說：「我搬進來的時候她也有給我。楊思之是住在這裡最久的人。」幸子沒有表情。她對這個新房客現在更多了一些戒備。「剛剛她本來要給妳，但她說妳好像有心事，就託我拿給妳。」幸子繼續解釋著：「不過香味很主觀，只是她的心意。」

「謝謝。」艾瑪接過裝著香水的米色袋子。

「嗯。」幸子淡淡地應了聲，就轉身離開艾瑪的房門。聽見艾瑪將門關上後，幸子才回過頭看向艾瑪的房門。幸子看著被整齊靠牆擺放的雜物，發現這條走廊被掃過了，她再看向客廳，客廳也被掃過了，不可能是楊思之，楊思之和她都是習慣週末打掃家裡，今天是星期三。她走進廚房，打開冰箱，想確認艾瑪是否有放入新的食材。不過冰箱預留的位置仍是空的，倒是冰箱旁邊的地上多了一箱保久乳和兩條白吐司，就在廚物櫃的正前方。幸子看著廚物櫃，原來艾瑪需要的並不是冰箱裡的空位。以為自己給的是對方需要的，若因為這種感應沒有被連接上而有所埋怨，瞭解彼此的機會往往就從中流失了。幸子將廚物櫃清出一些空間，然後把保久乳和白吐司放上去。艾瑪到底是一個什麼樣的人呢。

艾瑪坐在書桌前盯著那袋香水，她不想打開卻又感到好奇。她將香水的盒子拿出來，上頭有一個黑色緞帶綁著的蝴蝶結，綁得很好看，和她往常在自己的帆布鞋上綁的蝴蝶結截然不同。這就是有錢人家的蝴蝶結嗎，艾瑪心想，難怪我們家裡不曾出現這樣的蝴蝶結。艾瑪發現袋子裡還有一個信封，裡面夾著一張酷卡，是幸子的個人畫展。楊思之工整的筆跡寫著：「幸子可能不好意思邀請妳，有機會一起去吧。」

艾瑪將邀請卡撇在桌上，她對於這個字跡的主人總有著矛盾的心思。艾瑪想起楊思之那一櫃整齊乾淨的鞋子。她起身打開自己帶來的幾個鞋盒，裡頭每一雙都是髒髒臭臭的舊鞋，包含一雙將近壞掉的竹蓆製的室內拖鞋，她看著自己帆布鞋上原先是白色但已經髒黑的鞋帶，再看向香水盒子上的黑色蝴蝶結。都是漂亮的記號，怎麼在自己這裡就顯得那麼難看。有時候一個人並不真的討厭另外一個人，他討厭的是離那些自己未曾擁有的事物那麼近，那麼近，那都仍然不屬於自己的事實。

艾瑪的身子整個沉了下來。她將眼睛閉上，腦海浮現剛剛在幸子畫展的酷卡上看到的文案：

卑微地渴求想要的生活
大聲或沉默地反抗他者
最後得到一雙哭泣的眼睛
裡面是自己溺斃的一生

03

艾瑪始終沒有出席幸子的畫展，因為她不喜歡那個文案，更不喜歡畫展的名字：無傷大雅的傷心。艾瑪認為每個傷心都是重要的，怎麼會無傷大雅呢。

說是畫展其實也並沒有那麼嚴謹，展場不是在美術館，也不是在優雅大氣的建築物裡，地點甚至不太易達。是在陽明山上的一間小咖啡廳。幸子年初和傅里上山時偶然遇見的，當時老闆恰巧在更換牆上的畫作，幸子發現都是素描，便跑去向老闆詢問，這間店是否有合作的畫家或是作品裝飾的需求。閒聊了一會兒才知道，老闆只是單純喜歡繪畫作品，不是收藏家也不真的全然懂藝術，就只是喜歡。幸子和老闆一拍即合，於是約好了今年秋天有一個季節的時間，幸子能夠將她的作品掛在這個山上的小房子裡。

「妳會怕沒有人來嗎？」布展時傅里問幸子。幸子專心地將素描放進木質的畫框裡：「這裡會來的人應該不多吧。」幸子抬頭看向傅里。「那妳為什麼還要辦呢？」傅里又問，一邊也將他手上的另一張素描放進另外一個木質畫框。

「想告訴自己我可以做到這件事。」幸子說。

「我以為妳只是喜歡畫畫。」傅里在幸子身旁坐下。交往這半年多來，傅里只知道幸子喜歡畫畫，鮮少從幸子口中聽見她對於畫畫更多的想法，所以當他看見那麼不喜歡與人交談的幸子，竟然罕見地主動去向咖啡店老闆搭話時，傅里很驚訝。

「我只是喜歡啊。」幸子將組裝好的畫框排列在牆邊：「老闆說他晚點會幫我掛上去，我給他排列的順序就好了。」「帶妳去吃飯。」傅里捏了捏幸子的臉頰。幸子露出只有在傅里面前會有的笑容。

傅里的二手摩托車在小小的山路上行駛，太陽才正要下山，昏黃的景色看起來像是靜止的時間。幸子坐在摩托車的後座，雙手環繞在傅里的腰際，她將臉頰貼在傅里的背上：「你停一下，」幸子說：「我想看夕陽。」遠離著人群時，幸子的善感就會跑出來，山裡的靜謐讓人有足夠的安全感。

傅里將車子停在一旁，「好呀。」他說。幸子站在山路邊往山下望，城市變成橘紅色的。

「你有喜歡的事嗎？」站了一會兒，幸子開口問傅里。

「有啊，錢。」傅里露出俏皮的笑容。

「不是這種的。」幸子的聲音很平淡：「你有沒有想要追求的，就是當你一想到，全身就會熱起來的那種事情。」

「真的是賺錢啊。」傅里收起笑容：「不然怎麼會想要跟德恩他們一起創業。雖然我不知道賺錢要做什麼，但我就是想要很多錢，有了錢感覺就能做很多想做的事。」李德恩是傅里的系上好朋友之一。

「也是，沒有錢，什麼也做不成。要吃飽才有力氣做夢。」幸子說。

「你說這些話的時候，就好像那些冠冕堂皇的大人。」傅里說：「看起來有道理，但好像又不是什麼大道理。」

「我也不知道為什麼大人們都這樣說，可是既然這麼多人都這麼說，應該就有它的原因吧。」幸子聳了聳肩：「就像我喜歡畫畫，但我爸說畫畫賺不了錢。我也曾想過，賺錢真的是最重要的事情嗎，做自己喜歡的事情不是才是最重要的嗎。」幸子雖然難得話多，但語氣仍然平靜。

「所以，也許大人才會看起來都不快樂，因為他們都捨去喜歡的事情，選擇去賺錢了。」傅里也聳聳肩，再次露出嬉鬧般的笑容：「還好我喜歡的事情就是賺錢。」

「可是仔細想想，」幸子看向傅里：「我爸媽說得也很有道理。這次的小展就花了我好多錢，」她的語氣沉了下來：「事實上，我根本還養不起自己，就在談夢想。」傅里親暱地看著幸子，他難得看見幸子這麼多話。傅里很高興，有一種被完全信任的感覺。

「可是夢想都是這樣開始的呀。」傅里說：「小時候的我們不需要負擔經濟壓力，所以可以擁有無限想像，等我們大學畢業，不再和父母拿錢之後，就要開始學著以自己的能力去評估要如何完成那些想像。當然，我是說一般的情況啦。」傅里看著幸子，他知道幸子已經沒有向家裡拿錢了，只有一點點以前偷偷存下來的零用錢，其他幾乎都是貸款。學貸、生活費、書費、房租。傅里的心裡想著，妳願意花所剩不多的存款來做這件事，表示妳真的很喜歡畫畫。幸子沒有說話。

幸子想起小時候，她總會在和父母親道晚安後窩回被子裡偷偷畫畫，起初用蠟筆著色，或是用彩色筆都會被發現，因為她總是會不小心畫到被單，又或是當塗色的施力沒有掌握好，彩色筆的筆水會滲透過紙背，浸染到床單。於是她開始改以鉛筆素描，她只需要注意橡皮擦屑有沒有清理乾淨就好，父親和母親才稍微睜一隻眼閉一隻眼。父親從來沒有讚美過她，母親只有偶爾會袒護她。她不敢參加任何的畫畫比賽，她害怕那些認可不會來到她的身邊，這樣的結果只是在為父親的立場背書。而幸子這一次嘗試辦展，一方面是為了整理自己的作品，告訴自己「我可以畫畫，無論我畫得好不好」，一方面就如她和傅里說的，她想證明自己做得到，她並沒有被（無論是什麼）打倒。儘管幸子自己都不確定這是不是事實。

「無論如何，妳一定要繼續畫畫。」傅里表情認真地說。

「可是我爸媽都說，在台灣搞藝術會餓死。」幸子別過傅里的目光：「你看，多少人才出一個李安，我爸常這樣說，如果沒有那麼大的毅力、沒有足夠的幸運的話，只有有錢人家才玩得起藝術。」幸子甚至噘起嘴巴：「有時候根本就是有錢的人才能擁有幸運。」

「可是藝術是什麼啊，」傅里皺起眉：「繪畫、文學、音樂、攝影還是什麼？怎麼可以用有沒有錢來衡量這該不該靠近或該不該擁有呢。」

「那應該拿什麼衡量？」幸子問。

「妳的心呀。」傅里說：「藝術沒有比較高尚，是妳的心才珍貴。」

幸子沒有說話，只是怔怔地看著傅里。

「不要拿這些既有的說法綑綁自己，」傅里看著幸子：「我比較相信，個性決定命運。」

「什麼意思？」幸子又問。

「我不想相信那種既定印象的說法啊。」傅里再次露出俏皮的笑容。

「那是因為你不懂藝術。」幸子垂下眼眸：「你只想賺錢，所以你才可以說這種話。」

「我是不懂啊。」傅里聳聳肩：「但是至少我知道我想要賺大錢。妳敢大聲說妳喜歡畫畫嗎？這已經不是這些定義或是懂不懂的問題，而是妳願不願意面對妳的心裡喜歡著什麼，妳願不願意保護它。我所說的珍貴指的是這個。」

傅里說完後，幸子再次陷入沉默。

「當然，父母都希望自己的孩子成功，但他們又想要孩子安全地長大。」安靜了一會兒後，傅里緩緩開口：「不過哲學家阿奎納曾說，如果船長的最高指導原則，是保護他的船隻不受到任何傷害，那麼他只能將他的船留在港口，永遠無法出海。」傅里伸出右手將幸子攬進懷裡：「希望妳不要以為妳爸媽的反對，是因為覺得妳畫得不好。」傅里邊說邊揉了揉幸子的肩膀，他知道幸子就算努力地遠離了父母，卻沒有遠離他們帶來的影響。幸子看向站在自己左邊的傅里，傅里看著遠方：「我想他們只是怕妳吃苦。」若無法遠離，就用另外一種眼光與那些影響共存吧，傅里心想。

「他們是怕我讓他們丟臉。」幸子也將目光移至遠方，天空已經變成藍紫色的，街燈也慢慢地亮起。「他們總是想要我做那種有頭有臉的工作，比如鄰居家的大哥哥現在在當主播，他們就希望我也去當主播，因為我考不上法律系或會計系。」幸子說：「我不知道他們是在乎我還是在乎他們自己。」

幸子沒有告訴傅里，考上大學那一年，父親要求幸子把所有的畫作都拿出來，接著在她面前把那些作品一一地燒掉。那天之後幸子再也沒有回家。那天之後她捨去名字裡的最後一個字，因為父親總是叫她安安。那天之後，她所有關於人像的畫作都只從鼻子以下開始畫，沒有眼睛。因為人像的原型幾乎都是父親和母親。父親的手、父親的辦公桌、父親在陽台曬被子的身影，又或是母親在沙發上睡著蜷曲著的瘦弱身子、母親的手捧著自己專用的碗。幸子不想記起他們的眼神。因為每一次失眠時想起這些，這些年來時間彷彿沒有促成任何事情有效的減緩或改變——那些事情明明只發生一次，後來的我卻會被反覆傷害。傷口在黑夜裡永遠是膠著的，從未隨著眼淚流淌而消逝。

傅里想著這個系列作品的名字，才緩緩看清幸子想要以此抒發的，是她在父親和母親的愛和期待裡，那些被認為不重要的渺小的傷心。傅里知道，幸子雖然以離家來表示自己並不在乎父親和母親的眼光和期待，卻仍在乎被這些眼光所弄痛的傷口。所以她才能這麼快樂地繪畫著，卻又那麼脆弱地只敢將作品放在山裡的一間小房子裡，不去做更多的追求。傅里將懷裡的幸子抱得更緊一點。

「總之，妳的每個傷心在我這裡都是重要的噢，絕對不是無傷大雅。」傅里說：「啊，還好妳是在我這裡耶。」然後將下巴靠在幸子的左肩膀上：「妳要是在別的地方，誰來在乎妳的那些小傷心呢。這個城市這麼大，並不是每個人都被在乎著。」幸子露出淺淺的笑容，將頭轉向那一片夜景：「你少臭美。」傅里也笑了，然後他在幸子的耳邊說：「不過如果妳要當主播的話，可能……要再瘦一點才行。」幸子瞪了他一眼，嘴角仍留有一些淺淺的笑意。夜色吞沒了他們兩人的身影，那晚他們始終都捱在一起。

那個秋天過得很快，幸子一有空就會約傅里上山去看自己的作品，那裡像是一個時間不會流動的祕境，她可以隨時抵達，也可以隨時離開。幸子並不知道楊思之有給艾瑪酷卡，也不知道這期間楊思之有沒有來，後來撤展的時候老闆說有人留了一份禮物給她，是一支淺色的口紅，和一張小卡片。

妳的畫美美的，妳也要美美的。

她看見字跡才知道是楊思之。說真的她並不想收到楊思之的禮物，起初只是見面禮，不過漸漸地楊思之逢年過節就會準備幸子的禮物，幸子便逐漸地和楊思之保持距離，她不認為這種形式上的禮物有任何意義。況且，她並不認為自己需要這些東西，香水、口紅，還是什麼。什麼是美，幸子並不在意。

畫展之後，幸子比較少失眠，也比較少在清晨作畫。楊思之也不再那麼頻繁地去喝酒，上次失戀後好像就去找了新的打工，幸子覺得這樣挺好，她並沒有去問原因，至少不會頻頻打擾自己。而艾瑪還是會有一些奇怪的舉動，但是幸子已經見怪不怪，比如艾瑪早晚都一定要將住處全部掃一遍，明明也沒有什麼灰塵，又比如艾瑪還是對楊思之有很深的戒備，那戒備也說不上是敵意，但沒有人知道那是什麼、和為什麼。

秋天過完後，畫展也結束了，傅里進了兵營，幸子在她的無名小棧裡寫了好幾篇給傅里的網誌。

生活沒有太好，也沒有太壞，不過是一天一天的開始和結束。

04

楊思之在所有關於小時候的印象裡，都看不清楚父親確切的樣子。父親久久才回家一次，母親說父親是出去和別人交換東西，換來的是她們母女無憂無慮的生活。長大後楊思之才知道父親是生意人，有一個不屬於她和母親的真正的家。楊思之知道的時候已經來不及對此產生過多起伏的情緒，從母親那裡獲得的情感和習慣已經養成根生，許多無從向他人明說的混亂感，自己也未曾釐清，於是就這樣囤積在心底，偶爾像是營養的口糧，一天一天地把恍惚的自己養成了沉默的怪獸，卻從不自知。

每一次父親回來，母親都會準備一桌家常菜，儘管母親的手藝並不好。母親喜歡刺繡，她會偷偷地在父親的西裝外套的內襯裡繡上一些小葉子。小學有一次楊思之看見了便好奇地問母親，為什麼要繡上葉子。母親說，繡上花卉的圖騰會太明顯是女人給他繡的，男人出外都要帶著剛強的盔甲，我們就做爸爸心裡柔軟的那一塊。她當時聽不出來母親的自欺：事實上無論繡上什麼圖案，看起來都會是女人繡的。那是一種性別刻板印象的偏誤，與任何樣式的圖騰都無關，所有的解釋都是擲地有聲的反抗，更為欲蓋彌彰。假裝自己不是個正統的女人，把自己的愛擠壓到男人既有的王國的邊陲地帶，然後認分地相信，是因為命運的偏移，我才無法做你正統的妻子。再繼續認分地做一個不得不把謊言當作事實那樣堅信著的人。

父親吃飯時總是沒有表情，直到母親拿出她為父親準備的香水時，父親才會露出笑容。父親覺得母親做的菜味道不夠好，卻又不想要在楊思之面前表現得嫌惡，楊思之大概永遠都沒有機會知道，這是母親心底明確卻又隱密的委屈，母親從來沒有告訴過楊思之，畢竟這個房子裡的所有都是祕密，委屈只是其中一個小小的部分而已，沒有張揚的必要。

仔細想想，母親唯一會買給父親的禮物只有香水，而且每次都是名牌香水，同一個味道母親總會買兩瓶，一瓶送給父親，一瓶自己留著。小小的楊思之並不明白這麼做的用意，母親只是告訴她，我們喜歡的東西，也要分享一半給我們愛的人。很久以後楊思之才知道，那是要給父親真正的妻子的禮物，用一樣的香水，影子才不會被發現它心底也期盼著有一天能夠獨立存在並且堂堂正正地站立著的渴望。用一樣的香水，父親真正的妻子才不會發現母親的存在。她們在味道裡融成同一個女人——渴望被愛，走的時候要記得擁抱。

在楊思之知道這些事情以前，她已經學會了將母親給她的試用瓶送給學校的同學，或是偷偷將母親的香水倒一點在小小的分裝瓶裡。小女生總會圍著她，她很高興，果然和母親得到一樣的結果——把喜歡的東西分享給喜歡的人，對方會露出好看的笑容。這樣的印證對楊思之而言是一種肯定，於是為了得到笑容，楊思之成為了一個禮物女孩，無論什麼樣的場合、什麼樣的人，只要是為了示好、為了感謝、為了慶祝，為了這些美好的詞彙，她就會送禮，尤其是香水。甚至她開始認為，若不先討好別人，就會被討厭。

楊思之一直是這樣活過來的，國高中念的都是貴族學校，這樣的事情在裡頭也顯得平常。她不懂的是——此刻的楊思之眼睛盯著學校二手拍賣的網站頁面，一個帳號「emma」開頭的人在上面兜售她最常買的牌子的香水。全新未拆封，連蝴蝶結都沒有拆開過，九折，誠可議。賣家這麼寫著。而日期標記著香水在半年前已經賣出。

這是楊思之第一次逛學校的二手拍賣，她發現這半年來新室友每天早上和晚上都會把小公寓全部打掃一遍，可能新室友有潔癖吧她想，於是她決定買一個新的吸塵器。她把這個念頭告訴幸子，幸子只是淡淡地說：「隨便妳，但是不要買太貴的，會像炫富。」楊思之抿了抿唇。這句話使得楊思之改變了想法，決定要買一個二手吸塵器。有些微不足道的話語，就是能輕易地改變自己的行為，不一定是因為對方之於自己是個多重要的人，更多時候是那樣的話語裡帶著無數根隱形的針，刺向最普遍的人們能感知到的道德或價值的好壞，儘管那些標準是模糊的，自己也會深受其擾，但不會去做更深的挖探，在轉向的那一刻彷彿就成功地別過了那些紛擾而複雜的字眼。

楊思之原先擁有的「買一個好用一點的吸塵器，也許新室友會比較方便清理」這樣的念頭一瞬間消失無蹤——差一點就要陷入醜陋的迷霧了，呼，好險，好險，生活又能繼續安全地運轉下去。同時，楊思之心裡隱隱地浮現了一股巨大的受傷感。這種受傷感在後來的日子會變成巨大的湖，只要誰的一句話、一個眼神，甚至沒有任何人給予任何表示，自己的心都會變得越發單薄脆弱——如果我這麼做了，別人是不是會覺得我如何如何，我剛剛說的某句話，是不是會被誤以為我怎樣怎樣。話語結束後留下的情境，會永遠纏繞著一個人。

楊思之的心臟碰碰碰地跳，幸子說的話重新回到此刻電腦上顯示的畫面裡，艾瑪也覺得自己在炫富嗎，楊思之的胸口浮現麻麻的酸澀感，直湧至喉嚨。事實上這半年多來，楊思之並沒有真正和艾瑪說過幾句深入的話，不同系別，年級好像也不一樣，所以令楊思之不理解的是，明明很少在小公寓裡遇到艾瑪，或是說，艾瑪總是有技巧地避開了她們可能會遇見的時機。

楊思之盯著那個頁面許久，那裝著香水盒子上面的黑色蝴蝶結，是她親手繫上的。香水買回來以後楊思之想多放張小卡片進去，所以她曾將它拆開。這樣看來，艾瑪永遠也不會看見裡面的小卡片了，儘管只是簡單且不一定必要的初次問候。楊思之起先想不通艾瑪的敵意是從哪裡來的，現在她終於有了一些線索。那個巨大的受傷感再次來襲，並且久久未能退去。

幾天後楊思之和一個外系的學姊約在二常公園。她在二手拍賣的頁面上詢問是否有人有意出售二手的吸塵器，有個學姊親切地說她剛好有一個閒置的，可以直接拿來給她。那是一個下午，楊思之恰巧早上沒有課也不需要打工，於是慵懶地睡到中午，起床蒸了一顆蛋墊墊肚子，戴上眼鏡、凌亂地將瀏海向上夾起就隨性地出門了。二常公園的石階上坐著一群人，楊思之快速地經過，接著她聽見一個宏亮的女聲叫住她：「思思！」那個聲音喊道，是來自那一群人。楊思之朝那一群人望去。

學姊穿著亮面皮質短裙，和淺色雪紡上衣，一口漂亮的紅唇和刷過的長長睫毛，在人群中朝她揮手。這是楊思之第一次看見學姊，她和學姊原先並不認識，是因為吸塵器的買賣才有所連結。學姊親暱的笑容讓楊思之有些不知所措。

「我剛剛還在想那是不是妳，因為跟妳相簿裡的樣子太不像了，是妳的大長腿讓我認出妳的！」學姊爽朗地說，一邊朝楊思之走來，沒有任何第一次見面應該要有的陌生感。學姊和她的照片倒沒有太大的差異，唯一的差異是學姊本人的膚色看起來大概黑了兩個色階。喔不，可能有三個色階。

「喏，吸塵器在那裡。」學姊指向她身後其中一個男同學手上的長型紙箱。此時楊思之才確切看見學姊身後大約有六、七個人，男生和女生都有。「他們陪我來面交啦。」學姊見楊思之沒有說話，便趕緊解釋。

「沒關係的，謝謝學姊。」楊思之禮貌地說，一邊看向那個紙箱，示意她要接過吸塵器了。

「不過啊思思，近看才發現妳的皮膚真的很好耶。」學姊親暱地走上前去勾起楊思之的手，接著非常靠近地看著楊思之的臉：「毛孔也太小了吧！果然是天生的美人胚子。」楊思之的身子變得有些僵硬，她發現跟著學姊來的這群人一直在打量她。她開始聽不出來學姊的語氣中的真正意涵。「不過妳剛睡醒齁，有眼屎，哈哈哈哈。」學姊似乎無意放開楊思之的手。

扶著裝有吸塵器紙箱的男同學看見學姊眼神的變化，意識到事態有些不對勁，便起身將紙箱遞出來：「好了啦，再不去吃飯下午上課會遲到。」他的這句話是對學姊說的，眼睛卻是看著楊思之。楊思之趁機將手抽離學姊，伸手接過那個長形紙箱：「謝謝你。」楊思之說。學姊這時才悻悻然地將手收回：「走吧，我們去吃飯。」學姊的表情變得有些漠然，和一開始打招呼的時候截然不同，但仍舊在離開時露出大方的笑容：「思思再見。」楊思之也露出淺淺的笑容回應。

沿著二常路走回小公寓的途中，楊思之才回過神來想通學姊在說什麼。學姊說的相簿是指網路上面的相簿。無名小棧是當前大學生最常使用的網路平台，每個人都可以免費註冊，使用上面的各種功能，比如公開地發表一些文章、上傳一些自己的生活照。在現實生活之外，那是個很好關心身邊朋友的方式，透過無聲的瀏覽，看見朋友們的生活景況，煩惱的或快樂的。甚至可以透過這個平台，偷偷地去關注自己喜歡的人的生活但不打擾到對方。不過，我有給過學姊我的帳號嗎，楊思之有些困惑，除非……，楊思之搖了搖頭，她一點也不願意往那個地方想。

今天飲料店的打工是下午開始，楊思之回到家後將自己梳洗一番（她特別洗了兩次臉，還仔細地將臉靠近洗臉槽上方的衛浴鏡面，確認眼眶的周圍沒有任何眼屎）。她決定出門吃一頓正餐，然後直接前往打工的地方。

楊思之其實是不用打工的，母親給她的生活費很充裕，她想證明的只是「我不是花瓶」。從大學入學以來，常常聽見同學們談起所謂的「花瓶」，廣泛的意思是指一個女生空有外表沒有內涵（雖然她也不明白是否還有狹義的意思），什麼事也做不成。她是矛盾的，沒有人真的站在她的面前，直指過「妳就是一個花瓶」，但那些耳語就像蒲公英，輕飄飄地、無意間地散落在身上。若一個人恰巧自己還不知道該如何擁有適切的籬笆或保護傘，能阻擋它們靠近甚至降落，降落之後它們便會成為自己的輪廓——這些輪廓總是輕易地就決定了一個人被他人感知的外顯面貌，靈魂卻正悄悄地在輪廓裡面萎縮。自己真實的模樣往往會被漫天的耳語覆蓋得越來越低、越來越低，低到從心臟上面剝落。

當然，也有可能事實並不是這樣，不過儘管如此，楊思之也想先做預防式的準備：我去找個打工，表示我還是能吃苦的，至少若當有人說我是花瓶時，我可以告訴他我並不是。我可以告訴他我並不是。能夠回應他人對自己的負向投訴，這是如此重要的目的。

慶幸在那麼多含混不清的時光裡，還有一個人能給予她真誠的片刻，在楊思之心裡，飲料店的陳老闆就是這樣的一個人。那是學校附近的連鎖飲料店，陳老闆目測大約四十多歲，妻子是國小老師，有兩個小孩。陳老闆的個子不高，圓潤的臉龐和細細長長的眼睛看起來令人安心，楊思之來上班之後陳老闆就特別照顧她，好像一眼就看穿了楊思之生活裡的無奈，像一個父親一樣地承接著青春裡所有應該的煩惱和徬徨。若那一天楊思之排的是晚班，陳老闆通常都會請她去吃宵夜，有一次甚至還帶她去看夜景，儘管楊思之覺得稍有不妥，也仍沒有拒絕，因為恰巧那一天楊思之也準備了一個禮物要給陳老闆，她想著這也許是一個不錯的時機。是一瓶香水，母親最喜歡的味道。

「這個送給老闆娘。」楊思之開朗地笑著說：「希望你們永遠都幸福快樂。」這是楊思之想來想去，覺得最好的禮物。以前父親總是一看見母親送的香水就露出快樂的笑容，陳老闆若送香水給自己的妻子，她應該也會很高興吧，這樣兩個人的感情就會更好了，楊思之是這麼想的。

陳老闆收下了，他看見明確、不能再向前的界線，但仍故作理所當然地要求擁抱楊思之。「謝謝妳，現在太適合來個感謝的擁抱了。」當時他是這麼說的，說完他就將楊思之擁入懷裡，並將動作保持得安分有禮以掩蓋它的適切性。楊思之沒有拒絕，或是說來不及拒絕。陳老闆在楊思之的耳後聞到一陣香味，那和後來他在床笫之間聞到的妻子頸部的味道一模一樣，在他們每一次夾雜著這個味道的歡愛裡，陳老闆都會想起楊思之。在陳老闆心裡這個味道有著明確的主人。他同時會想起這片夜景，現實的瑣碎在城市的燈火裡變得迷人，因為那崎嶇的山路將婚姻推很遠，和新鮮的愛情卻靠得很近。那些和妻子索取的親吻像是對於這些情感的複述，過分地洶湧、炙熱因而足夠將自己變得模糊，液態地無須對任何容器負責。

那天之後，陳老闆的言行儘管維持禮貌大方，也還是會有些小小的關心楊思之的舉措，在知道楊思之和父親的關係之後，他更是自然地借用著父親照顧女兒的說詞，自以為安全地讓情感留在自己這裡。畢竟，他還有一件事情需要確認，確認了，他才會允許自己再朝楊思之往前一步。楊思之和陳老闆兩個人逐漸開始有了一種必須要和諧的默契，而這樣的默契不知不覺中悄悄地在楊思之心裡產生質變。

楊思之提早到飲料店，今天剛好是陳老闆顧店，她的好心情在見到陳老闆的那一刻一下子顯露出來，陳老闆也是。

「大孟說妳前幾天整理杯子的時候刮到手，有沒有破皮。」陳老闆將手上的報紙放在一旁的小桌上，站起身打算要跟楊思之一起走到後面放置員工物品的小房間。大孟是另外一個工讀生。「一點點，」楊思之說：「不過還好不會流血了。」一邊將包包放進自己的櫃子裡。「也對。」陳老闆露出一個深沉的笑容：「長大真好，都不會受傷了。」楊思之沒有察覺任何異狀。

「思思，所以妳也不會瘀青了對吧？」陳老闆自楊思之的背後直直盯著她，說這句話的時候笑容帶著一點期待。

「不會呀。」楊思之轉過身來，笑得淺淺的。

「不會瘀青的人怎麼樣都是美的。」陳老闆沒有收起上揚的嘴角。

楊思之沒有多加回應這句話，只是接著說：「不過我身邊還是有會受傷的人耶。」

「喔？是誰呀。」陳老闆問：「蠻奇怪的耶。」

「我室友。」楊思之說：「她覺得我很奇怪，但奇怪的是她呀。不過她活得比較自我，好像都不知道外面的世界是什麼樣子。」

「這年頭還有這樣的人啊。」陳老闆像是已經獲得了滿意的答案，便隨意地擺了擺手：「沒有活在人群裡怎麼看得見自己呢，真是。」

「她還是看得見自己啊。」楊思之笑著說：「不要小看她，我很崇拜她的。我猜就是因為她活得很自我才能這麼不在乎別人。她很酷。」

「但是她只看得見自己啊，」陳老闆噘起嘴：「我指的看見自己的意思是，人是群體動物嘛，總要透過看見他人來調整自己。」他圓潤的臉上顯露著高人一等的自信。

「但那就容易淪為比較了呀。」楊思之將圍裙穿戴好後，朝小房間的門口走去，經過陳老闆時她看了他一眼：「你休息一下吧，接下來換我顧。」說完就走出小房間，陳老闆沒有繼續說話，而是默默地再次露出心滿意足的表情。

楊思之走向飲料店的吧檯時，看見一個男生倚著牆面站在開放式的店門旁邊，像是在等人。「是你。」楊思之認出了他：「學長好。」是中午將吸塵器遞給她的學長。

「我跟妳同年級。」那個男生看見她後露出淡淡的笑容，他的臉頰上有好看的酒窩：「聽學姊說妳在這裡打工。」楊思之聽得出來他口中的學姊是中午的那個學姊。楊思之有些尷尬，她一想起中午的畫面還是有些彆扭。「我是來找妳的。」對方繼續說：「我有些話想跟妳說，妳有空嗎。」楊思之愣愣地看著他，然後環顧一下四周，這個時間人潮不多，應該有一些時間，她點點頭。

「學姊的男朋友在跟她鬧分手，因為學長說學姊是花瓶，學長說……」對方原本看著她的眼睛變得有些飄移：「學姊應該要向妳學習，長得漂亮又肯吃苦。而且照片……照片和本人一樣。」他將頭低下來，不敢看向楊思之。

楊思之的臉色沉了下來，她的思緒一直不願意往這裡去。

大一剛入學時，楊思之有很多追求者，後來才知道許多同學和學長們都傳閱著她在無名小棧的相簿裡的照片，她一下子變成了校園裡的風雲人物，和幾個學長有過曖昧，有幾個甚至進入了關係，雖然最後總會因為各式各樣的原因使得這些關係匆促地結束。楊思之起先很驚喜，幾度也覺得很享受，不過漸漸地她開始懼怕，人們可以輕易地透過網路知道妳的一切，妳穿什麼牌子的衣服，妳在哪裡打工。原本這些只是每個大學生都會寫在自己網路上的個人簡介裡的資訊，再平常不過，卻因為這些串連被無限放大，當網路的公開性移至現實生活時竟變得如此壓迫。

楊思之吸了一口氣：「你為什麼要來跟我說這些？」

對方一聽見這個問題便馬上抬起頭：「我不希望妳誤會學姊，她不是妳中午看到的那樣子的人，她只是太難過了……」說到這裡對方的眼神轉為沉濁：「而且學長只是隨口亂講的氣話，她根本不需要當真的，但偏偏她太愛學長了，就會太在乎對方說的每一句話。」他嘆了一口氣：「她根本沒有多的吸塵器，她賣出去的就是她平常在用的。」

楊思之忽然有些歉意：「需不需要我把吸塵器還給學姊？」

「不、不要。傷心的人難免有強烈的自尊心，我再想想辦法就好。」他繼續說道：「希望妳不要誤會學姊。」

楊思之忽然覺得眼前的男生有點可愛，她輕輕地揚起嘴角：「你喜歡學姊嗎？」男生的臉頰一下子刷紅，連小小的酒窩都染著紅暈，答案全寫在臉上。

楊思之說：「我沒有多想，你放心吧。」自己不也為了幸子的一句話改買二手吸塵器嗎。只是楊思之忽然有點羨慕學姊，每個人都會有這樣的時刻，被微不足道的話語影響，深怕那句子會緊跟著自己，甩也甩不掉。在這樣子的學姊身後，還有一個小男生願意看見她最真實的樣子，並且願意保護這樣的她，真好。男生露出鬆了一口氣的表情，好看的酒窩像小花朵一樣綻開。「來，我請你喝飲料。」楊思之說。男生點點頭並快樂地迎上去。

那天晚上陳老闆照舊約楊思之去吃宵夜。陳老闆想起楊思之曾和他說過，父親是一個遙遠的詞彙，需要母親不斷不斷地給予，父親和母親兩個人卻因此找到了關係的平衡點。平衡點，楊思之那時候是這樣說，所以她認為人與人之間一定都有一個平衡點，她所釋出的所有善意都是為了找到那個平衡點而開始。這一次陳老闆希望是由他來開始，儘管他知道，他的開始在本質上會將平衡打破，但是今天之後，他已經確定了，他要這個女孩。

他與妻子之間不知道從什麼時候開始漸漸地變成生活上的囹圄，不能捨去，卻又喘不過氣。楊思之是他此刻唯一的調劑。陳老闆為了這一天說服過自己無數次，戀愛只是為了能讓自己更加珍惜婚姻。他本能地感覺到羞愧，卻又馬上將自己說服——誰叫那女人要這樣對我，那女人起初就不應該這麼做。這些日子他已經學會快速地讓自己恢復液態的心理，那才能讓他繼續享受這短暫又疼痛的美好。

陳老闆拿出原本月底才要給楊思之的生日禮物，是一瓶香水。

「妳好像很喜歡香水。」陳老闆說：「生日快樂。」

「還有半個月欸。」楊思之笑了出來：「不過謝謝你。」她的笑容裡有一份對陳老闆的安心。「我可以現在開嗎？」楊思之說：「太想知道你送了什麼味道給我。」陳老闆點點頭，抑制著自己想伸手去摸她的頭的衝動。楊思之將香水打開，在空氣中噴了一點點，然後閉上眼睛將鼻子湊過去：「好香喔，我喜歡這個味道。」她邊說邊露出笑容。「那就好。」陳老闆笑著說。但是楊思之發現，這個味道和幾天前老闆娘身上散發出來的味道一模一樣。幾個月前開始不擦香水的老闆娘也擦起了香水，起先是楊思之送的那一瓶，母親的味道。儘管很少看見老闆娘，不過她也順勢以此提醒自己的身分。讓謊言多說幾次就變成真實的辦法很簡單，不過是自欺。

楊思之想起母親，陳老闆當時一次買了兩瓶一樣的嗎，這就是為什麼母親以前同一個味道的香水都要買兩瓶嗎。原來是為了不要讓祕密洩漏出去。楊思之的心裡苦苦的。她的眼眶裡有一些難以言喻的淚水。她渴望被愛，但是她不可以這麼做，這麼做會被傳得很難聽的，她如此想到，我那麼努力地證明著自己，不可以在這裡失敗。她把喉嚨酸澀的感覺硬生生地吞了回去。可是如果是母親，會做什麼樣的選擇呢。母親快樂嗎。

「其實我有一個願望。」陳老闆看著眼睛閉著的楊思之說道：「希望以後妳不要再覺得，一定要送禮物給別人，別人才會喜歡妳，」楊思之的鼻頭漸漸變紅，她沒有看見陳老闆看著自己的眼睛沒有任何飄移：「以後換我送妳禮物。是因為喜歡妳所以想要送給妳的那種禮物。」就算她沒有睜開眼睛她也都知道。她都知道。

「思思，」陳老闆專注地看著楊思之：「做我的戀人吧。」

楊思之沒有忍住，她的眼淚滑下白皙的臉龐，仍然不敢將眼睛睜開。

清晨五點多，計程車駛進二常路，在二常公園停下。楊思之看見二常公園的石階上有一堆被集中的落葉，但是她沒有看見幸子的身影。她失落地走向那堆落葉，然後站在那兒盯了一會兒，接著她奮力地在那上面踩呀踩。

「要踩就自己弄。」忽然她身後傳來幸子冷漠中帶點喘息的聲音，楊思之沒有回過頭看向幸子。「走開。」幸子說。楊思之整個人像失去重心那樣地就跌坐在幸子堆好的落葉上頭，這時她才看見幸子穿著短袖和棉褲，耳朵上掛著耳機，滿身是汗。

「原來妳現在都去運動了。」楊思之說。

「我不像妳天生麗質。」幸子說。

「子安，我知道妳為什麼討厭我了。」楊思之很難得地用大一剛認識時的口吻對幸子說。她都知道了，為什麼幸子不喜歡自己，為什麼艾瑪不喜歡自己。

為什麼陳老闆會喜歡自己。是因為命運，是命運注定的排列，讓她無法逃離母親活過的樣子，她注定要惹人討厭，原來那些能夠公開的關係都沒有辦法長久，是因為根本不屬於她。她屬於和母親一樣的，晦暗的關係。

「我說過，不要那樣叫我。」幸子的聲音終究冷冷的。她在楊思之旁邊坐下，她第一次感覺到楊思之的脆弱。

「還有艾瑪。」楊思之沒有表情地看著前方：「因為我炫富、因為我是花瓶，因為我的感情關係……」她吞了一口口水，哽咽地說道：「很混亂。」

「是因為妳太想要討好所有人。」幸子的語氣沒有起伏。

「所以像妳一樣，除了男朋友以外，妳對所有人都那麼冷漠，妳一點都不在乎別人的感受，這樣有比較好嗎？」楊思之說道，仍沒有看向幸子。

「在乎別人的感受就要一併在乎他的期待。」幸子說：「我不想要。」

「所以妳也不在乎傅里的嗎？」楊思之問。幸子的表情有些僵硬。把清晨的畫畫時間改成運動，為的不就是希望讓傅里看見苗條的自己嗎。四月的台灣溫度已經逐漸回暖，太陽也比冬天還要早升起，二常公園漸漸地被今天初出的陽光照亮。幸子不想要繼續談論下去。

「我要回去了。」幸子站起身，正正地看著楊思之：「妳不要太高估自己，妳其實沒有那麼討人厭。」幸子說完後就收回視線轉身離開，往二常公寓的方向走去。楊思之坐在那裡沒有站起身，心裡揉不散的淤塞感稍微緩和了一點。微涼清晨裡楊思之打了一個噴嚏，大概是凌晨在山上看夜景著涼了。幸子聽見了，但她仍一如往常地沒有回頭，不過這一次不是因為刻意冷漠，而是她有意識地不想要將自己的外套借給楊思之，那會讓她看見自己鬆垮的外套穿在楊思之身上有多麼不合適，會讓她看見楊思之纖細姣好的身形對比著自己臃腫寬大的肩膀、腰部和臀部。傅里那天的玩笑話變成一面鏡子，讓她不得不看見自己不夠美麗的原形。

等幸子的身影消失在二常路上後，楊思之才站起身，她看著那一堆落葉，幸子到底在踩的是什麼呢。此刻她想踩死自己的過去。每一刻。每一刻。就是因為有那些時刻，此刻的她才會如此無法分辨自己的決定到底是好是壞。楊思之想起幸子的畫展。她不確定幸子在畫什麼，可是她喜歡畫展的名字。無傷大雅的傷心。是啊，自己身上總有無數對他人而言並不重要的傷心，因為他人認為不重要，所以就誤以為那樣的傷心在自己這裡是渺小的，這些傷心在任何地方都無傷大雅，不會改變任何事。尤其當努力地想要證明自己的時候，那樣的傷心就會顯得更微不足道。

「卑微地渴望著想要的生活。」楊思之喃喃地說：「最後得到一雙哭泣的眼睛。」

chapter 2

負擔

那些聽不見的句子散落在人們的肩膀，
就像那些棉絮，變成無形的負擔。
所以支配布偶的人到底是誰呢？

01 ／

阿景一早就出門了，艾瑪跟她說，不要開進二常路，都是棉絮，她不想要車子被弄髒。阿景的車子停在二常路的路口，她走下車望向長長的二常路，綠油油的一片，沒有任何棉絮。大約從兩年前，艾瑪升高三的時候，她會開始說一些奇怪的話，阿景沒有多想，她推敲可能是因為家裡的劇變帶給艾瑪的打擊。過了兩年多，艾瑪時不時仍會說出一些莫名的話語，甚至有些莫名的舉動，阿景不知道該從何多問，艾瑪不喜歡談家裡的事情，阿景只能繼續以此歸因。

阿景比艾瑪年長十歲，是艾瑪交往三年多的女朋友。阿景喜歡艾瑪臉頰上的小雀斑，艾瑪則是喜歡和阿景對話的時光，尤其那些戀愛絮語之外的對於世界的想法。阿景看著艾瑪穿上白色的小洋裝，沿著二常路走來，和煦的陽光穿過樹葉，艾瑪踩著飄忽的影子，像精靈一樣。「還好妳有車。」艾瑪的手輕拍著車頭，露出好看的笑容，笑容裡藏著一點點疲倦。「妳今天好不一樣。」阿景說。

今天她們要去台中看阿景的朋友小葉的滿月寶寶。難得有機會見到阿景的朋友，艾瑪特別打扮了自己。平時愛用的深紅色口紅改成了珊瑚紅，平時的深色衣服也換成了淺色的洋裝，洋裝外面還搭了一件裸色的小外套，平時那些髒髒舊舊的帆布鞋更是不見蹤影，艾瑪腳上踏著的是一雙鵝黃色的包鞋。和楊思之的門簾、鞋櫃一樣的鵝黃色。

「傻瓜才重蹈覆轍。」艾瑪邊說邊鑽進副駕駛座，阿景替她開好了車門，等艾瑪入座後阿景將車門關上。阿景看著艾瑪露出寵溺的笑容，她覺得艾瑪很可愛。第一次見到阿景的朋友時，艾瑪一如往常的邋遢裝扮（其實是艾瑪沒有錢買新衣服，也不知道該如何搭配自己的穿衣風格），阿景的朋友說阿景的眼光很「特別」，艾瑪聽得出來，阿景的朋友都是二十多歲的年輕人，言下之意想看到的是一個十六歲、年輕無瑕的女孩，但艾瑪那天穿著一身黑，頭髮又蓬鬆凌亂。後來艾瑪都不太出席阿景和朋友的聚會，這次艾瑪難得答應阿景，是因為她做足了準備，她逛了一整晚的夜市才選出這些衣服。

「無論怎麼樣都好。」阿景邊坐進駕駛座邊說。艾瑪沒有看向阿景，而是漫不經心地看向窗外，然後輕輕地揚起嘴角。她很高興。雖然她並不想去承認那雙鵝黃色的包鞋和楊思之有任何關聯，她不想承認她覺得楊思之選用的鵝黃色都很好看。當人們以自己對另一個人的其中一種評價去論斷他所有的優缺點，阻擋自己的往往便會是經驗堆疊的高牆，因為那在某些時候裡，同時也是一種理解對方的捷徑。只是帶著既定印象的理解，還能真的將理解這兩個字如實實踐嗎。

阿景說她要先去拿之前訂的要送給小葉的滿月禮，那是阿景和其他幾個好朋友一起合買的，一組不便宜的嬰兒床單和兩套衣服。一路上艾瑪和阿景胡亂聊著天，艾瑪問起阿景怎麼會想要送床單，阿景說是另外幾個朋友決定的，她只是負責去拿，但她誠實地告訴艾瑪，她覺得這組床單貴得有點不合理。

「這不是你們一起決定的嗎？」艾瑪問。阿景的小轎車行駛在高速公路上，艾瑪喜歡這種感覺，這種感覺像回家。小時候住在郊區時，每天上下學都要經過高速公路。這一路重複的風景讓艾瑪感到平靜，彷彿重要的事情永遠不會被改變。

「是啊。」阿景一手握著方向盤，緩慢地在車陣中前進：「但仔細想想，我們不能結婚，也不會有寶寶，我們送出去了也不會拿到什麼啊。這件事情又不一定對等。」阿景說。艾瑪的心裡忽然有點不舒服。

「既然是心意，就不要去想回報了吧。」艾瑪說。

「不是回報的問題，」阿景沒有看向艾瑪：「而是制度，現在這種只允許異性戀結婚的制度，喔，也不是異性戀的問題，就是，」她嘆了一口氣：「把人分成我群與他群的這種制度，就是會把人們撕裂，尤其在這種無關緊要的小事情上面。」阿景繼續說：「妳不知道啊，這些看似都是小事，但久了就會累積成大事。人們總是在大事發生之後才開始找原因，哪裡找得到呢，誰的生活裡沒有千萬個小事，千萬種原因。」

艾瑪看向阿景，心理不舒服的感覺瞬間被一股崇拜感取代。她總是喜歡聽阿景說這些。艾瑪問：「那為什麼人們會習慣分成我群和他群呢？」

「因為把人們分成極端的兩群人，比較方便評斷善惡啊，妳看，二元對立就只有兩種選擇，多方便。」阿景說：「在兩端中間就有矛盾的可能，但人們通常不喜歡處理矛盾，因為會誤以為當自己打開心胸去理解對方，必須要捨棄自己原有的立場。所以多數的理解都是帶著防備與『我要改變你』、『我要說服你』的前提的。可其實足夠清楚自己所相信的價值是什麼、足夠堅定，理解就會是一種包容和共存。這就是多元。」

「可是多元就會有好多的我群和他群。」艾瑪接著問：「沒有更好的制度了嗎？」

「本來就沒有最好的制度。」阿景說：「總比只有一群好。」艾瑪仍看著阿景，她知道阿景是渴望婚姻的。

「但如果唯一的那一群是支持我們的那一群，不是很好嗎。」艾瑪又問。

「這樣的話，我們也許就壓迫到了別人啊。雖然人不可能真的全然地站在別人的立場思考，但若只認為只有自己的立場是對的、是應該存在的，別人的都是錯的、邪惡的，我倒覺得這就成了變相的暴力。」阿景說：「如果我們這樣認為，我們就和那些反對同性婚姻的人是一樣的。」

「所以我們要放棄嗎？」艾瑪問。

「是要尊重和包容。」阿景說：「雖然這種話很俗套，但事實就是每個時代都有它外顯的樣態和內在的思想，我們只能以堅定的心和異見共存。我現在能想到的辦法是這個。」阿景說完後聳聳肩，儘管沒有明確的答案，她的心裡也很平靜。艾瑪很享受和阿景聊著這些，這時候她總覺得和阿景靠得很近很近。

阿景沒有再說話。這樣淡淡的沉默讓艾瑪反覆思考著剛剛和阿景的對話，之於她自己對楊思之的矛盾心理。艾瑪伸起右手，以右手手指揉開皺在一團的眉頭，目光盯著窗外。她當然也知道包容啊理解啊這些話，但是有誰能真的做到，什麼又是真的做到呢。艾瑪嘆了一口氣，將視線轉回自己的手指，一早那被藏起來的疲憊神情隨著嘆著的這口氣倏忽地宣洩出來。阿景剛剛說的，小事累積成大事，仍在艾瑪腦海中徘徊。然後她想起昨晚的事。

昨天在做要給小葉的賀卡時，美工刀不小心割到左手的食指，她很緊張地去拿OK繃，要為自己貼上時卻發現手指並沒有流血。艾瑪驚嚇地跌坐在地上，她的嘴唇有些發抖。接著她趁著半夜室友們都睡著了的時候，走出房門，經過舊舊窄窄的走廊，打開小公寓淡藍色的生鏽鐵製大門，她站在楊思之的鞋櫃前面，她先是盯著鵝黃色的裝飾布簾，布簾的小葉子繡圖始終那麼精緻。她隨意地拿出一隻鞋子，然後將鞋子湊近自己的鼻子。確實，就和她想的一樣，都是新鞋的味道。這些外表看起來都有些磨損的鞋子，鞋子內部無論是真皮的還是布製的，除了形狀有些許被擠壓之外，單就以味道而言，那都像是從來沒有被穿過的鞋子。艾瑪的手嚴重地發抖，她將鞋子迅速地放回去，像是丟棄的動作，彷彿懼怕著那樣的事情發生在自己身上。

從手指開始，接著會經過雙腳，最後在心臟結束。艾瑪想起這句話。她用最快的速度跑回房間，她看向桌上的美工刀，然後將美工刀緊握在手裡。「第二期是從手指開始，接著會經過雙腳，」艾瑪一併想起說這句話的小古醫生溫柔而傷心的口吻：「最後，第三期，會在心臟結束。」

艾瑪將收拾在床底下的前幾天晚上買的新鞋子拿出來，就是這雙鞋，艾瑪的眼裡興起一股怒意，為什麼自己要買這雙鞋，為什麼要選和楊思之一樣的鵝黃色。都是它害的，都是楊思之害的。艾瑪在心裡埋怨著。房間的燈很明亮，艾瑪能清楚看見自己的手指和腳趾。艾瑪開始不斷地以大拇指的指甲在食指的傷口周圍處按壓，希望能壓出血來，但是沒有。沒有。艾瑪手裡的美工刀越握越緊。就連照常理而言，手指的皮膚被按壓時會出現的一塊紅、一塊白的反應也都消失了。艾瑪發抖的右手拿起美工刀，她將美工刀靠近剛剛意外留下的傷口，她決定將傷口劃大，她的右手仍不停地發抖。艾瑪知道自己不會再流血了。她將被劃大的傷口撥開。裡面有一團白色的像絲一樣的東西，艾瑪的呼吸變得急促。她的雙手抖得非常嚴重。她將美工刀放掉，然後以右手的食指和姆指，施力去拉那其中一條白色的細細的絲。接著她拉出一小撮棉絮。她的瞳孔放大，眼神焦躁不安地不知道除了手指上頭的棉絮以外，自己應該看向哪裡。艾瑪想要尖叫，但是現在是凌晨兩點。她順手抓了棉被的一角一口咬住。艾瑪無聲而用力地吶喊，非常非常用力。她感覺到眼角流出了淚水，但是她並沒有克制自己。那是她唯一剩下的東西。

「緣，」阿景的聲音將艾瑪拉回高速公路上行駛中的車廂裡：「妳還好嗎？會不會太悶，妳都冒汗了。」緣是艾瑪的本名裡的其中一個字。艾瑪這時才發現自己的雙手已經握成兩個拳頭，緊抓著洋裝的衣角，原本平坦的布料被擰得有些發皺。艾瑪有意識地將雙手鬆開。她看不見自己的手上有任何血色。

像這樣的小事，又是由多少更小的事組成的呢。

「沒事，我有做給小葉的卡片，先給妳。」艾瑪邊說邊將卡片從包包裡拿出來，放進阿景的包包裡。

小葉是阿景的大學同班同學，人緣很好，寶寶的彌月宴來了很多人。大夥兒開玩笑地說，這個時代敢生孩子真是不簡單，一般人連自己都要養不起，小葉露出俏皮的表情用唇語說，沒辦法，上車了就要補票，惹得一夥人笑得擠在一塊兒。艾瑪不太適應這樣的場合，藉故去了廁所。艾瑪坐在廁所外面的長椅上，雙腳晃呀晃的，她仔細地盯著自己腳上的鞋子，其實她並不討厭楊思之，她只是不知道要以怎麼樣的心情去接受自己其實挺喜歡楊思之的某些地方。討厭的人身上可能會有自己喜歡的樣子，喜歡的人身上也會有自己討厭的地方，可是人們總習慣討厭一個人就討厭他的全部，喜歡一個人就喜歡他的全部，因為比較方便。一如稍早阿景說的，這之間會有矛盾，但人們不喜歡處理矛盾。

也比如，幾個月前小公寓裡多了一台二手的吸塵器，跟家裡的那台一模一樣。艾瑪不敢擅自使用，直到幸子告訴她，楊思之發現她每天都會掃地，於是買了一個吸塵器比較方便打掃。艾瑪的心裡很彆扭。妳為什麼要這麼做，她在心裡無數次這樣地質疑楊思之，妳根本不需要這樣做。艾瑪忽然為她上網兜售楊思之送的香水而感到愧疚，但是在把所有的積蓄都拿去買那張床墊之後，她必須這麼做，那是當時她身上最值錢的東西，不然她就只能繼續吃白吐司配保久乳。

起先艾瑪不願意使用楊思之買的吸塵器，但平時也沒有人用，吸塵器就放在那兒，幾天後艾瑪才停止跟自己的僵持，改使用吸塵器打掃小公寓。還是沒有人知道為什麼艾瑪要這麼辛勤地打掃。其實每每使用著楊思之買的吸塵器，艾瑪對楊思之的想法就逐漸地轉變，其實楊思之是個挺貼心的人。於是因為這樣，艾瑪才願意稍微不隱藏地喜歡著楊思之也喜歡的鵝黃色，於是艾瑪才會在買下那雙鵝黃色的包鞋時忽略自己的猶豫。經驗的高牆正在倒下，漸漸地變成另外一種經驗，使自己的生命被擴充，甚至是讓自己的心裡能容納和處理更多面向的情緒和情感。

艾瑪又嘆了一口氣，那台吸塵器也讓她想起父親。打掃家裡的人總是父親，自她有記憶以來，父親總是那個洗衣、做飯、打掃家裡的好男人。父親喜歡一切都乾淨整齊，包括家裡穿的室內拖鞋，父親喜歡竹蓆製的，偏偏竹蓆製的不比塑膠的耐舊，父親也是執著，壞了就會給家人買新的，還有她和姊姊的鞋子，父親總會替她們洗乾淨，直到父親搬出去後，就再也沒有人給她們姊妹倆刷鞋子了，也沒有人在乎家裡是不是有什麼東西壞了、室內拖鞋是不是舊了。艾瑪對父親的心思是矛盾的。

艾瑪將身子往後倚上長椅的椅背，她拿出她的按鍵式手機，裡面躺著一封安靜的簡訊，寄件者的地方寫著「蘇南」，那是姊姊的名字。「找一天一起回家看媽吧。」姊姊前幾天傳來了簡訊，艾瑪始終沒有回覆。

艾瑪深深吸了一口氣，漫不經心地往小葉的包廂看，阿景和好久不見的好朋友笑笑鬧鬧的，她覺得阿景就像個孩子，剛剛那些煩惱一晃眼好像就不重要了，她喜歡阿景快樂的時候總是認真地快樂。接著艾瑪隨意地往其他宴請包廂望去，然後她看見一個熟悉的身影。

楊思之和一個男人站在另外一個包廂大約是門口的位置，男人目測四十多歲，個子不高，他的手環在楊思之的腰間上，楊思之穿著短版上衣和包臀式的短裙，也就是男人與楊思之的肌膚是毫無縫隙的。他們偶爾的對話讓艾瑪從側臉認出了楊思之，艾瑪不知道那個男人是誰，只知道楊思之並沒有抵抗男人親暱的動作，但也沒有給予回覆。艾瑪盯著那對背影一會兒，發現男人的手開始變得不安分，正悄悄往楊思之的臀部移去。艾瑪心底的正義感告訴她，楊思之正在遭遇不好的事情。正當男人的手準備要從裙子的邊緣摸向楊思之的大腿時，艾瑪已經快步走上前抓住了男人的手。大概是稍早和阿景的對話，讓她的正義感打敗了面對楊思之的矛盾。

「變態！」艾瑪大喊。一下子他們就聚集了眾人的目光。楊思之的表情有些尷尬。艾瑪一說完就拉起楊思之的手往廁所走去，眾人的目光才逐漸平息。

艾瑪將自己身上的裸色針織外套脫下來，綁在楊思之的腰際：「妳不會真的瘋了吧，」艾瑪一邊咕噥著：「就算再嚴重也要反抗啊。」楊思之怔怔地看著艾瑪，眉頭鎖得很緊。她不明白為什麼艾瑪會在這裡，更不明白艾瑪在說什麼。「等等，不會吧。」艾瑪像是忽然想到什麼，又把楊思之腰際上的外套解下來，她蹲下來，直直盯著楊思之的腰，然後伸手捏了一下。

「妳幹嘛！」楊思之驚呼。

「會痛就好。」艾瑪邊說邊站起身：「妳是我見過症狀最嚴重的人，我以為妳的腰已經沒有感覺了。」然後她將小外套重新繫回楊思之的腰上。

「妳在說什麼？」楊思之追問著：「妳幹嘛捏我？」事實上楊思之確實已經沒有太大的感覺了，她只是被艾瑪突然的動作嚇到。

「沒事。」艾瑪露出鬆了一口氣的表情：「妳自己小心一點。」艾瑪說完後就轉身準備離開廁所。

「妳不是討厭我嗎？」楊思之的聲音在艾瑪身後響起。

「我沒有說過我討厭妳啊。」艾瑪回過身子看向楊思之，雖然口吻平和，但她沒有露出任何笑容。我是懼怕妳，艾瑪沒有將這句話說出口。我懼怕妳的樣子，我討厭的是自己正在變成和妳一樣的人。「總之妳不要和那個老男人靠這麼近，多保護自己一點。」艾瑪說完後就離開了。

楊思之站在原地，顯得有些不知所措，她第一次聽見艾瑪說這麼多話，但她完全想不明白艾瑪剛剛的舉動是怎麼回事，艾瑪沒有討厭自己的話，為什麼要把她送的香水賣掉。楊思之還陷在一陣莫名的情緒時，手機傳來一封簡訊，是陳老闆。她回過神，趕緊按下通話鍵：「對不起對不起，我朋友還不知道我們的關係所以……」楊思之的鼻子和眼眶迅速泛紅，說著說著她就哭了起來：「你不要生氣、不要生氣好不好，對不起、真的對不起……」

02

楊思之有好幾天沒有回二常公寓，倒是艾瑪出現的次數變多了——幸子覺得，比起一開始躲著大家，她現在比較願意和自己碰上一面。不過她的行為舉止還是挺奇怪的，某次幸子早上運動回來，罕見地看見艾瑪坐在客廳的小沙發上，那裡幾乎是沒有人會逗留的地方，她像是刻意在等自己。

「妳為什麼會開始運動啊？」清晨的光線很微弱，在昏暗的客廳裡，艾瑪問起幸子：「我記得妳一開始沒有什麼運動習慣。」幸子確實是在艾瑪搬進來幾個月後才開始密集運動。「比較健康。」幸子胡亂地用普通的說法搪塞艾瑪。艾瑪沒有表情地盯著幸子，幸子有些彆扭，便自顧自地走進自己的房間，她並沒有聽到艾瑪的那句低喃：「可是妳的玫瑰正在凋零。」

幸子快速地洗完澡，接著回到書桌前，她拿出一本精緻的筆記本，打開後裡面壓著一張平整的信紙，信紙上頭有著大約三分之二的內容，這是幸子這週要寫給傅里的信。傅里去當兵了，幸子原先是和傅里約好每天寫篇網誌，讓傅里出營的時候能補上幸子生活中的大小事，後來幸子決定還是用手寫的好，於是便約好每週寄一封信給傅里。這些夜晚是漫長的，尤其寫信的時候。這些句子總是要經過長長的路途才會送到傅里手中，傅里每每用軍營裡的公用電話打來，不得不急促地回應著幸子的信時，都有一段幸子從沒有適應過來的時差。不過幸子仍持續地寫著信，就像一份平鋪直敘的喜歡，讓平凡的生活都變成了好日子。

昨晚傅里說下週有懇親日，不過傅里的原話是，妳要期末考了，好好準備，下次再去台北去找妳。意思是幸子不需要去沒關係。幸子有點沮喪，沒有寫完的信就一直擱著。幸子想把這份沮喪告訴傅里，同時很矛盾，物理距離有時候硬生生地影響著心理距離，從前密切而自由的談話，到現在一天僅有幾分鐘的時間。幸子不想要將時間浪費在這些沮喪的心情裡，卻又不知道該如何舒緩。她其實很想去見傅里。幸子打開電腦，她打開高鐵的訂票網站，然後又關掉。最後她硬是抽了一天的空去南部找傅里，搭的是顛簸的客運。

那天已經是懇親日隔天。幸子起得很早，甚至是幾乎沒有睡，一心想搭上第一班客運。有些人身上總有著讓自己甘願犧牲和妥協的魔力。幸子買了一杯熱咖啡，終於趕上客運，上車後沒多久，她的旁邊來了一個目測大約五十多歲的阿姨，明明有這麼多空位，幸子雖然有些埋怨但沒有多加理會，只是精神不濟地在車上補眠。

客運到台中時幸子想要下車透透氣，阿姨縮著身子讓幸子出去，阿姨沒有要站起來的意思。阿姨的腳邊有好幾袋水果，為了要跨過那些水果，幸子有些重心不穩地跌回她的位置上，手肘恰好刮到放著咖啡的窗邊鐵製置杯器。「不好意思不好意思，」阿姨說：「妹妹妳有沒有怎麼樣？不好意思我腰不好，站起來會很吃力。」幸子淡淡地看著阿姨：「沒關係，是我自己不小心。」幸子抿了抿唇，要是我再瘦一點就好了，她這麼想著。

「沒事就好。」阿姨說。然後一邊將幾袋水果移置走道邊，讓幸子能比較方便地跨過去。幸子跨過去後，忽然聽見阿姨的驚呼聲：「妹妹妳流血了欸。」這一陣驚呼引來幾個乘客的目光，還好首班車乘客人數不多，不然多尷尬，幸子心想。乘客們發出悉悉簌簌的聲音。「沒事的。」幸子說。她感覺到手肘一陣灼熱感，她看了一眼，只是很小的傷口，並不礙事。

「怎麼會沒事？」阿姨瞪大眼睛看著幸子：「長大後應該就不會流血了啊，妹妹妳要找時間去看醫生餒。」幸子皺了皺眉。是還沒睡醒嗎，她搖搖頭，自顧自地走下客運。

等她回到客運上時，阿姨已經站起身等待幸子，彷彿是怕又讓幸子不小心跌倒。「妹妹不好意思，我習慣坐這個位置，改不掉。」阿姨帶著歉意說道。

「不會。」幸子平靜地說完後坐進自己的位置。

「唉，有些事情習慣了就改不掉啦，因為要改自己就會先覺得很麻煩，但不改又可能會麻煩到別人。都很麻煩就拖著，結果拖著拖著就這樣了。」阿姨邊說也邊坐回幸子旁邊的位置：「實在不好意思餒。」

「沒事的。」幸子的語氣始終沒有起伏。

「可是妹妹，妳真的要去看醫生，雖然我也不知道這要掛哪一科，但是吼，很嚴重啦，大家都不會受傷，妳一定是生病了，妳太脆弱了，我想應該是要掛精神科，太脆弱了啦。」阿姨的聲音逐漸變得刺耳，幸子不想多加理會。不過她想起楊思之。楊思之也不會受傷了。只有自己還會受傷嗎。所以不會流血才是正常的嗎。幸子皺起眉頭，然後將眼睛閉上。阿姨沒有再說話。

客運一路開向台灣的南邊，幸子沒有睡著，只是不願意再將眼睛睜開。旁邊的阿姨比她早下車，她在心裡感到慶幸。傅里在車站等她，她一看見傅里就忍不住露出笑容。傅里從她手上接過行李，然後摸了摸她的頭，也露出親暱的笑容：「怎麼這麼黏人呀。」傅里說。

傅里帶幸子去吃了晚餐，然後才回到傅里租的小套房。傅里考上大學後就從家裡搬出來，起先是到餐廳打工賺取生活費，家裡同時有給予一些必要的金援，偶爾傅里也會跑一些公關公司的活動當臨時打工仔，畢業前有一陣子說要和朋友一起創業，不過沒有下文，畢業後就直接去當兵了，小套房便繼續租著。傅里大學讀的是商學院，他身上帶著的叛逆因子常常讓幸子感到羨慕。

幸子自在地將襪子脫在門口，那是她在一常公寓裡不會有的隨性。幸子一溜煙地走進房內，傅里跟在幸子身後，撿起她的襪子：「要是沒跟妳在一起，可能永遠都覺得妳是很難親近的冰山女王。」幸子淡淡地笑著。

「對了。」幸子邊說邊自套房裡的小沙發坐下，接著自在地將腿盤起：「今天我遇到一件怪事。」

「怎麼了？」傅里問，一邊將幸子的行李安置好。

「我遇到一個阿姨，她跟我說人不會受傷才是正常的。」

「受傷？身體嗎？還是心理？」

「身體。」幸子說。

「妳說流血喔？」

「對。」

「我也不會流血啊，前幾年還會，這幾年就不會了。這不就是一種長大的表現嗎？大家都是這樣的。」傅里自然地聳聳肩：「我們變得強壯了，就不會再那麼容易受傷了呀。」

「我以為會流血才是正常的。」幸子看著傅里。

「正常的事情會改變呀。」傅里倒了一杯水，在幸子旁邊坐下：「每個階段正常的事情都不一樣。」

幸子接過傅里遞上來的杯子：「所以，是我長大的速度比較慢嗎？」

「每個人都有自己成長的速度。」傅里說。幸子還是有些無法接受。
「那人應該要長大嗎？」
「那要先看妳怎麼定義長大。」
「不會受傷。」幸子邊說邊喝了一口水：「人應該要不會受傷嗎。」
「我不知道，」傅里說：「但我覺得人應該要長大。」
「那你的長大的定義是什麼呢？」幸子問。
「比如……」傅里轉了一圈眼珠子，露出嬉鬧的笑容：「賺很多錢？」幸子瞪了他一眼。「好啦開玩笑的，我覺得長大是為自己負責。」傅里淡淡地說：「為自己的心理、身體。也許不會受傷就是一種負責的表現呀，就像我剛剛說的，變得強壯了，就不會受傷了。」
「是嗎。」幸子小聲地咕噥著。
「當然是呀。」傅里坐到幸子身邊，臉上漾起曖昧的笑容：「不過……為身體負責還有別的意思。」
「什麼啊？」幸子看了一眼傅里。只見傅里要吻上來。幸子將他推開：「給我先去洗澡。」傅里大聲笑了出來。

那晚傅里熱烈地親吻幸子，幸子閉著眼睛，彷彿全身上下這些日子所受的思念之苦都正在被傅里的吻一個一個抵消，歡愛之後傅里抱著幸子。「妳瘦了。」傅里說。「我要當主播呀。」幸子說，傅里知道幸子並不真的想當主播，不過是介意那天的玩笑話。傅里把幸子抱得更緊一些，將臉埋進她的長髮：「我不想要妳來懇親，其實是不想要他們看見妳。」傅里說：「我希望被看見的妳是美美的。」幸子有些聽不懂。傅里繼續說：「下次懇親日妳再來。」幸子的心臟忽然被這句話刺穿，刺穿的地方出現一個黑洞，她感覺到自己正在往下深陷。

「什麼意思？」幸子問。

「沒有。」傅里說完後將自己的唇覆上幸子的唇。

幸子再也無法真心地熱烈回應，她開始學著假裝熱烈。就像她在那些等電話的日子裡，慢慢學會怎麼假裝不沮喪。原本僅是玩笑話組成的鏡子脆弱地被這一刻打碎，幸子覺得自己掉進了一個沒有底部的深淵，只要她想起傅里的這些話，她就會持續墜落。

這天凌晨楊思之一回來，艾瑪反常地快速走出房門，像是終於等到她了那樣。幸子在房間內聽見楊思之將大門打開和艾瑪的腳步聲，她睜開的眼睛再也沒有闔上。幸子已經失眠好幾天了。艾瑪站在楊思之面前，表情看上去有些激動。「妳去哪裡了？」艾瑪問。楊思之愣愣地沒有說話。「妳不能再跟那個老男人見面了！」艾瑪的聲音有些發抖：「再這樣下去妳會完蛋的。」楊思之想起一週前的事，心裡興起一股怒意：「不關妳的事吧。」楊思之說完後便側身繞過艾瑪走回房間。

幸子聽見楊思之打開房門再關上，接著聽見熟悉的吸塵器聲音。幸子忽然才發現，這幾天艾瑪都沒有打掃小公寓，只有楊思之在的時候艾瑪才會辛勤地打掃。幸子坐起身，將房門打開，從門縫中偷偷地觀察艾瑪。這是幸子第一次親眼目睹艾瑪打掃，她不知道艾瑪到底在掃什麼，地板上明明什麼也沒有。起先幸子以為是艾瑪有潔癖，因為就算楊思之或幸子隨手將公共區域打掃過後，艾瑪仍然要自己打掃一次。一種莫名的嫌惡感閃過幸子的腦海。

等艾瑪將地板清掃過一遍後，幸子已經站在艾瑪身後，艾瑪回過頭時嚇了一跳。「妳有潔癖嗎？」幸子直接地問。艾瑪沒有說話。「妳的鞋子，」幸子指著艾瑪腳上那雙已經壞得差不多的竹蓆材質的室內拖鞋：「看起來不像有潔癖的人。」艾瑪低頭看了看自己腳上的拖鞋，有一種羞赧的感覺，彷彿某些傷口被過分地暴露在陌生人的面前，從此陌生人將自己的匱乏指出，變成一種撕不掉的標籤。「妳只在楊思之在的時候打掃，好像她很骯髒。」幸子說，她的聲音始終很冷漠。艾瑪的表情很複雜，看上去想要反駁，卻還找不到恰當的詞彙。幸子看著艾瑪，她並不想在這個氛圍裡多逗留。「不要傷害楊思之。」幸子說：「她很辛苦。」說完後她就轉身走進自己的房間。「誰不辛苦呢。」艾瑪說。但是幸子已經將門關上。

幸子有一種幫楊思之報了仇的快感，也像是當自以為戳破了別人的假象，就會有的那種快感。雖然那只是她的想像，她不確定艾瑪是否有意要傷害楊思之，也不知道她為什麼總是只在楊思之在的時候打掃。有時候人們會藉著自己的想像去評議他人，並深信自己正伸張著最貼近事實的正義——當我們不願意去質疑自己的某些念頭，久而久之它就會變成自己世界裡的其中一件事實。進而忘卻了，大多數的事實都是我們想像出來的。幸子不知道自己只是將艾瑪當作一個發洩的對象，她與那個黑洞的拉鋸戰仍在繼續，脹滿全身的疼痛感無法丟向傅里時，她便把這個氣出在艾瑪身上，那讓她覺得自己做了一件對的事。只是如果是對的事，怎麼沒有讓她感到平靜，幸子的心緒更躁動了。

艾瑪感覺到幸子的反常，比如這幾天清晨幸子都沒有出門，又比如住在二常公寓的幾個月來艾瑪從沒看過幸子說出這些帶有情緒的句子（雖然表情和口吻是一貫的冷漠）。艾瑪有些不安。她認為自己必須做點什麼去確認自己害怕的事情是否將要發生。她要去確認幸子如果受傷了，皮膚會有什麼反應。她相信幸子還會流血。艾瑪在房裡等待時間過去。

約莫早上六點多，艾瑪輕輕地打開自己的房門，她手裡握著美工刀，走向幸子的房間。

這是艾瑪第一次走進幸子的房間，失眠的幸子總是到三四點才會真正入睡，而凌晨四點到早上七點左右是幸子睡得最深沉的時間。艾瑪並不知道，她純粹是碰運氣。那種不安迫使她要馬上做出一些行動。人在大多時候裡是被感受驅使的動物，彷彿學會理性克制與刻意壓抑才能擁有優雅的舉止，不然就是得學會優雅地包裝內心的粗暴。

艾瑪輕輕地關上幸子的房門，她發現地上有一些深藍色的玫瑰花瓣，那些花瓣讓她更感到不安。不可以凋零。艾瑪在心裡想著，絕對不可以凋零。艾瑪走近幸子，她在床沿蹲下，接著拿出美工刀，輕輕地劃著幸子的食指。力道很輕，幸子仍然熟睡。艾瑪又施加了一些力氣，同時小心翼翼地避免將幸子吵醒。陽光逐漸從小窗戶溢散進來，幸子房間裡的光線變得柔和。藍色的玫瑰花瓣一定有重生的可能，艾瑪在心裡祈禱。在微亮的光線中，艾瑪終於看見幸子的食指冒出一滴紅色的血滴，艾瑪的表情變得激動。艾瑪以自己的食指去觸碰幸子的食指，血漬染上艾瑪的食指，接著艾瑪將食指放進自己的嘴巴裡。艾瑪將眼睛閉上，有些喘不過氣。幸子的血沒有任何味道，就像清水一樣，沒有該有的腥味。艾瑪的手開始發抖，她迫切地想要吸大大一口氣，她趕緊離開幸子的房間。唯一慶幸的是幸子沒有被吵醒。

我必須要拯救她，艾瑪這麼想著，她的血已經沒有味道了，她的玫瑰正在凋零，我必須要拯救她。艾瑪從小巧的按鍵式手機中找到小古醫生的診所電話，她將電話號碼抄在一張黃色的便利貼上。不知道該如何告訴幸子，但是必須要告訴她。艾瑪的手持續發著抖。再晚就來不及了，艾瑪的心裡一直冒出這句話。再晚就來不及了。艾瑪一併在字條上寫了其他的話，包括小古醫生診所的名字和地址。她再次走出房門，將便利貼貼在幸子的房門上，艾瑪甚至還撕了一小段紙膠帶黏在上頭，深怕便利貼一個不小心就會剝落，這麼重要的訊息絕對不能遺失。

艾瑪回到房間後將自己的拖鞋脫下，她赤腳走出房門，走到淺藍色的大門外，她將自己那幾雙髒髒舊舊的帆布鞋一一攬進懷裡，除了那雙鵝黃色的包鞋。艾瑪走回最裡面自己的房間，接著將鞋子鋪排在浴室門邊，然後開始洗刷那些鞋子。幸子的話讓艾瑪心裡的某一塊記憶被挑起，關於父親和母親。父親離家後，就再也沒有人給她和姊姊刷鞋子了，破舊的竹蓆拖鞋也找不到淘汰的理由。艾瑪將一隻手在空中甩了甩，想甩去手上的水漬，接著她從褲子側邊的口袋拿出手機，單手按著小巧的按鍵，回覆蘇南傳來的簡訊：「好。」艾瑪始終沒有任何表情，只是繼續刷著鞋子，越刷越用力，越刷越用力。

我們往往誤以為拯救了別人，自己也會一起被拯救。

03

幸子決定去買一件新衣服。

昨天洗完澡後，幸子站在房門後的掛鏡前面看著自己，她不敢看太久，她從傅里的話語中得知，這不是一個足夠美麗的身體。她得去買一件好看的衣服來遮蔽它。像是一個祕密行動。幸子特別穿上輕便的服裝，她想著，若要試穿，輕便一點也好穿脫。

對於美和醜的認識，是從傅里開始的。

從前幸子總是獨來獨往，對幸子而言，好不好看的外表都沒有差別。有時候她甚至喜歡自己普通且偏向不好看的外表，那讓她能繼續不被打擾地生活著。會認識傅里，是在大一新生訓練的時候，幸子不想接觸人群，便偷偷跑到空教室，閒著沒事就在黑板上畫起了畫。傅里是別系的學長，帶著系學會的同學們找空教室吃午餐，便恰巧闖入了幸子所在的教室。幸子一見有人進來，什麼話也沒說，尷尬地趕緊離開。傅里看著黑板上的畫作，覺得非常驚喜，於是想到這個女生也許可以替自己系上畫營隊的海報，便走出教室追了上去。傅里追上去後，幸子不願意和傅里有更多交流，只是匆匆離開。後來開學，兩人選上了同一門通識課，傅里認出了幸子，邀請她一起分組報告，兩人才稍微熟絡一些。

幸子的第一次戀愛便是傅里，傅里成為了幸子的窗，帶著幸子看見以前未曾發現的風景，同時也為自己的世界添增了其他的顏色。原先都是很繽紛的，在幸子把初夜給了傅里之後，幸子偶爾會閃過一絲猶疑，這將會是髒污的色塊，還是迷人的筆觸。

幸子知道自己與東區的女孩們格格不入，她的身邊沒有像電影裡那些懂得流行與時尚、心急地想要改造她的人。這一步她得自己開始。

幸子平常穿的衣服是偶爾逛夜市買的，總是能穿就好，那幾件輪著穿，壞了或鬆了才買新的，衣服的顏色不過度鮮豔，款式也普通。這是幸子第一次逛街，她看楊思之都跑去東區買衣服，便搭上公車往東區的巷子裡逛。還好是平日下午，東區沒有像假日那樣擁擠。幸子隨意選了一間沒有什麼人的小店走進去，裡頭的衣服按照顏色分類。服務員坐在櫃檯埋頭用著手機。

幸子拿起一件白色的雪紡上衣。服務員走上前，露出制式的笑容：「那件是one size噢。」幸子愣愣地看著服務員。服務員故作不尷尬地說：「因為雪紡沒有彈性，我想說妳比較豐滿，怕妳穿了會不舒服。」幸子雖然沒有看向服務員，但餘光已經將服務員臉上所有的表情都攬了過來。幸子靜靜地將衣服放回去，裝作不在意地又逛了一會兒，然後走出那間小店。

接著幸子刻意地尋找有更衣室的小店。她在小店內選了一件深藍色的背心洋裝。

「麻煩這邊請噢。」這間店員親切許多，幸子覺得心裡舒坦了一點。

幸子走進更衣室，她脫下身上的T-shirt與運動褲，將洋裝套上，她很高興，洋裝套上了，雖然手臂的線條不漂亮，但至少她穿得下。幸子想看看自己的樣子，才發現這更衣間裡沒有鏡子，鏡子在外頭。她刻意等人比較少的時候，才緩緩地打開更衣室的門。幸子走到更衣室門外的鏡子前。

「噢，小姐，這個後面的拉鍊妳沒有拉到。」剛剛那位親切店員走向自己，露出大方的笑容：「妳別動，我幫妳。」

幸子吸了一口氣，然後開始憋氣。她聽見拉鍊的聲音，她感覺到店員用力地將拉鍊往上拉。好不容易，那拉鍊拉上了。幸子很高興。

「謝謝妳。」幸子說。

「妳皮膚比較黑，深藍色很剛好。」那位店員和幸子一同看向鏡子說道。

幸子害羞地點點頭，然後走回更衣室。幸子在更衣室裡露出淺淺的笑容。然後她聽見微小的「啪」的一聲，拉鍊被扯壞了。幸子的笑容瞬間消失。她將洋裝脫了下來，把拉鍊壞掉的部分包在裡面，讓外面顯得還是完好樣子。

「我要這一件。」走出更衣室後，幸子說。

「好，那我幫妳拿一件新的。」店員伸出手想要接過這件展示品地說道。

「沒關係，這件就好。」幸子沒有將洋裝遞上：「我不小心弄壞了。」幸子說：「對不起。」幸子的道歉彷彿不是為弄壞的衣服，而是自己的體態。

店員的表情有些尷尬，然後才將洋裝接了過去：「那……我就幫妳結帳囉。」幸子是知道的，這不可能歸還給店家。幸子禮貌地點點頭。

幸子提著好看的紙袋，像是提著別人的東西。走出那間小店後，幸子往更後面的巷子走，接著選了一個鐵門拉下來的門前階梯坐下。幸子覺得自己是做錯事的孩子，她無法停止想要道歉的意念。那個下午幸子沒有再拿起任何一件衣服。沒有她穿得下的漂亮衣服，就像沒有她穿得下的美滿愛情。坐在階梯上，幸子想起傅里，可是傅里的臉卻逐漸變得模糊，而傅里說過的話被大聲地複誦。

如果有一天，幸子想著，如果有一天，傅里真的創業了，需要前往一些正式場合，需要一個漂亮女伴，自己真的是適合傅里的人嗎。就算，就算真的哪天瘦下來了，能夠和他去一些被社會標準嚴格把關與一一淘汰後的光鮮亮麗的場合，她的黑皮膚適合嗎，她的單眼皮適合嗎，她那張不好看的臉蛋，適合傅里嗎，適合傅里想要的未來嗎。她會不會成為傅里的絆腳石呢。

幸子嘆了一口氣。天真浪漫的愛情擺在社會規則面前，自己似乎就無福消受了。

04

這是幸子第一次見到小古醫生。

事實上，艾瑪給她的這張小古醫生的便條紙已經是幾個月前的事了，她不知道為什麼艾瑪要給她這些訊息。她並不覺得自己需要，更何況，艾瑪沒有說小古醫生是主治什麼的，精神科，還是心理諮商，她不明白，甚至網路上也沒有任何關於小古醫生的資料（連診所的名字和電話都沒有）。幸子起初只覺得是艾瑪的古怪行為又發作，真正促使幸子前往的原因是傅里。

幸子的腦袋瓜裡一直無法抹去那天夜裡的場景。傅里是個有慾望的人，幸子亦然，在初時的靦腆羞澀之後，令人感到興奮的不再是對於性的好奇，而是對於性的坦蕩宣洩。幸子將手置於傅里的肚子上，畫了幾圈，那是他們準備開始的默契。傅里轉過身去。幸子不知道自己是否該問一句怎麼了。幸子從傅里身後環上傅里的腰。

「妳想要嗎？」傅里問。

「沒有。」幸子說。她想要的不是傅里這麼問，而是傅里如往常那樣沉默地給予熱烈的回吻，以此宣告今晚要開始了。

「妳要的話我可以幫妳。」傅里又說。

「什麼意思？」幸子問。

「妳想要嗎？」傅里沒有轉過身。幸子沒有再說話，只是將手收回。

幸子也將身子轉過去，背對著傅里。幸子發現自己再也沒有辦法坦然地向傅里求歡了。慾望的滿足絕不會是解決感情嫌隙的良藥，而有時候正是慾望彰顯著嫌隙。那天之後，每一個傅里在側的夜晚都安靜得嚇人，那個黑洞持續吞噬著幸子，幸子仍在墜落。有時候是傅里在幸子的肚子上頭畫著圈，幸子卻轉過身去；而有時候是幸子將手輕輕地覆蓋上傅里的肚子，傅里卻說今天很累。並不是在性愛裡面，幸子才感到虧欠，而是那種「也許我配不上你」的念頭，在日子裡一點一點地蔓延，性愛是被迫面對所有流淌的雜念的匯集處。

幸子不知道該向誰求助，那種墜落感令她感到害怕。然後她想起艾瑪給的字條。所有的話語都是種子，永遠不會知道它會在一個人的生命裡發芽還是死掉。艾瑪寫在紙條上的最後一句話是：「妳的玫瑰正在凋零，快去找小古醫生。」幸子不懂艾瑪說的玫瑰是什麼，但她確實有種自我正在凋零的感覺。

幸子化了淡妝，穿上一身黑色的素色長洋裝，今天是和小古醫生會面的日子，她決定漠視心裡的忐忑。走出捷運後站幸子又繞進了好幾條小巷子，有些巷子陽光甚至無法穿透進來，好不容易才找到紙條上寫的地址。幸子站在一個大大的灰色鐵門前面，旁邊有一個銀色的按鈕，不知道是門鈴還是什麼，按鈕邊有個類似對講機的小盒子。幸子按下那個按鈕，接著一個溫柔的聲音傳來：「木槿診所您好。」

「您好，我是預約今天下午兩點的幸子安。」幸子說。

「好的，請直接上來就可以了。」那聲音說完後，鐵門就「喀」一聲被打開了。幸子打開鐵門，眼前是一條又長又窄的樓梯，看起來是直通三樓（至少艾瑪給的紙條上面是寫三樓），兩邊的牆壁重新被粉刷得雪白，上面掛滿各式各樣的電影海報，有一條原木色的扶手桿直直捱著樓梯，階梯則是好看的淺木色。從第一階往上看，可以看見一扇半透明的木框製門，裡頭有些光亮。幸子踏上第一階，接著轉過身將鐵門拉上。這是小公寓改建的吧，幸子心想。幸子邊走才發現扶手桿存在的必要性，這樓梯實在陡峭，一個不小心恐怕就要摔下去。

抵達木門前一階時，幸子輕輕將門推開，裡面是簡約的淺色木質裝潢，櫃檯前有一塊大大的木板，幸子看不見坐在櫃檯裡的人，不過她從側面可以看見那個人的身形，是一個纖細的女人。

「子安請坐。」那個女人輕輕地說，和剛剛從對講機中聽見的是同一個聲音。幸子找了一個舒適的位置坐下。約莫五分鐘後，有個人從幸子位置右側的門走了出來，是一個平頭的男子，眼睛小小的，幸子明顯感覺到男子看到她時有些吃驚，男人在幸子旁邊坐下，他和幸子中間隔著一個位置。這是人們慣有的安全距離，男子的餘光仍然關注著幸子。男子坐下不到一分鐘，櫃檯女人的聲音就響起：「子安請進。」幸子站起身。那個聲音繼續說：「妳右邊的那扇木門，直接走進去就可以了。」幸子輕輕將木門推開，有個女人正背對著她。幸子看見她背後有一條細細的線，仔細一看是拉鍊，大概是衣服的某種設計，不過那樣的拉鍊很少見，看起來像是跟脖子連在一起的。那個女人正在掃地，從她拿著掃帚的手上可以看見她酒紅色的指甲油，和手指頭上的好幾個銅製指環。幸子拘謹地坐在女人對面的小沙發上。

「妳好，我是小古。」女人露出笑容，將掃帚與畚斗放在一旁，然後坐回幸子對面的另一張小沙發。

幸子頓時有些緊張，她根本沒想過自己會來，但她沒有表現出自己的緊張。小古醫生有一頭橘紅色短髮，戴著兩個大大的耳環，看起來一點也不像平常醫院裡會出現的那種醫生。

「是艾瑪推薦我來的。」基於陌生與防備，幸子以先發制人的口吻說道。

「艾瑪？」小古醫生微微皺起眉。看起來不認識艾瑪的樣子。幸子又說了一些艾瑪的特徵，比如及肩的捲髮和臉上的小雀斑等等。小古醫生才露出溫柔的笑容說道：「噢，妳是說蘇緣啊。」蘇緣。原來艾瑪的本名叫做蘇緣。幸子想著，住在一起一年多，竟從來不知道自己的室友叫什麼名字。也許艾瑪並不喜歡這個名字吧，名字讓我們將他人對於自己第一次的想像的權力交給對方。又或是艾瑪並不希望她是蘇緣。基於職業道德，小古醫生並沒有多說其他關於艾瑪的事情，幸子唯一獲得與艾瑪相關的訊息只有她的本名。「她是個特別的孩子呢。」小古醫生說：「妳也是。」

「每個人都是。」幸子說。她不喜歡小古醫生那種故作溫柔的口吻。她忽然有點後悔自己將這裡視為一個可行的選擇。

「妳為什麼會來找我呢？」小古醫生先是看著幸子的眼睛，接著她將目光移至幸子的頭頂。就和艾瑪當初的目光一樣。幸子忽然覺得小古醫生和艾瑪是同一種人，不是個性上的。幸子無法解釋，但她知道自己正在靠近那個分類。

「艾瑪說我的玫瑰快要凋零了，要我來找妳。」幸子說。她沒有說那些關於傅里的事情。

「那妳有看見妳的玫瑰凋零嗎？」小古醫生問。

「我根本不知道我有玫瑰。」幸子說。

小古醫生將手伸向幸子的頭頂，幸子從側邊的一面大鏡子裡看見小古醫生看似在撫摸什麼的動作，小古醫生沒有碰到她，那東西像是漂浮在空中的，但是幸子並沒有看見自己的頭上有任何東西。小古醫生將手收回：「不好意思這麼冒昧，我會慢慢跟妳解釋的。」幸子沒有說話，只是直直盯著小古醫生看。

「妳的玫瑰幾乎沒有了。」小古醫生說，語氣有點傷心。幸子有一股莫名的感覺，小古醫生和她的形象不太一樣，但又說不上來是哪裡不一樣。

「可以跟我解釋了嗎？」幸子的語氣冷漠而不耐。

「妳開始有布偶症了。」

小古醫生接著說：「可是很難得，妳已經二十一歲了。」

「什麼意思？」

「二十一歲才開始有布偶症，很難得。」小古醫生繼續說：「一般人大概在十多歲就會開始有了」

「什麼是布偶症？」

「當一個人在意他人的眼光大於自己的想法，就是布偶症最初的症狀。」

我們假設一個前提，每個人都有自由意志可以去決定他要做什麼、要成為什麼樣的人，而患有布偶症的人，他沒有辦法決定，他只能依照著別人的期待去做選擇。布偶症是程度問題，它是一個光譜，所以並不代表患上了之後就會完全失去自我決定的能力。

布偶症總體來說有三期。在第一期，人們會出現情緒不穩定、自我懷疑、自我矛盾等症狀，這樣的心態若在身體裡面待得久了，就會進入第二期，身體裡面各式細胞與器官會逐漸被這種心態包覆、軟化、變質，變成棉絮。從手指開始，最簡單可以觀察到的是人們的四肢受傷時不會流血了、漸漸地也不會流汗，因為器官都慢慢變成了棉絮，接著是全身的感覺都會消失，甚至頭髮也會變粗。最後是第三期，第三期會在心臟結束。等到心臟都變成棉絮的時候，這個人基本上就會完全地依賴著別人的眼光而活，並且不會抗拒，有些人這時候還是會哭，只是不會知道自己是為什麼而哭，而大部分的人會失去哭的能力。

「這跟玫瑰有什麼關係？」幸子先是吞了吞口水，然後接著問。

「只有『知道自己患有布偶症』的人，才看得見別人有沒有罹患布偶症，同時才有機會看見每個人最初的樣子。」小古醫生的目光再次移向幸子的頭頂：「藍玫瑰是妳最初的樣子。也就是在還不曾在意別人的眼光、別人的期待以前的，妳的樣子。」然後小古醫生又看回幸子的眼睛：「不過通常只會看見滿街的布偶走來走去，很少會看見頭上還有花的人了。所以我想，蘇緣看到妳的時候應該嚇了一跳。」幸子一時還反應不過來。她想到剛剛那個擦肩而過的男人，他和艾瑪第一次看到自己時一樣，也露出了驚訝的表情。

「經過時間的浸泡，我們已經很難去看見一個人最初的樣子了。」小古醫生說：「妳要不要嘗試去照鏡子。」原來鏡子的用意在這裡嗎。幸子不敢看向那面鏡子。

「沒關係，妳可以休息一下。」小古醫生語畢後站起身，她走到身後的櫃子旁，從櫃子裡面拿出一個小小的玻璃瓶，接著她走向剛剛幸子進來的那扇門。小古醫生蹲下身子，伸手將一片一片深藍色的玫瑰花瓣拾進玻璃瓶裡。幸子安靜地看著小古醫生這些莫名的舉動，忽然她瞪大眼睛。剛剛有這些玫瑰花瓣嗎。幸子的全身發麻，尤其是頭皮。頭皮。當幸子抬起眼眸時她發現自己已經正對著那一面大鏡子了。她看見自己頭上少許的幾片玫瑰花瓣。

「看來妳已經看得見了。」小古醫生總是泰然自若的聲音將幸子拉了回來。此時小古醫生已經撿拾完幸子掉落的花瓣，並將它們裝在小玻璃瓶裡：「這個給妳。」

幸子想要伸手伸手去撫摸自己頭上的玫瑰，但她的手在發抖。幸子終於知道為什麼大家都不會流血了。

「不要怕。」小古醫生伸出一隻手牽住幸子，另一隻手將玻璃瓶遞向幸子的手心：「很多人這一輩子都再也看不見自己最初是什麼模樣了。」他們可能已經很嚴重很嚴重，但始終不知道自己的身體和心理發生了什麼事，於是繼續將生活這樣過下去。當全部都凋零之後，就很難再長出來。

「所以妳要收好。」小古醫生說。幸子發抖的手慢慢地接過小古醫生遞來玻璃瓶，她看著玻璃瓶裡的深藍色花瓣。「這並不代表脆弱，而是最初本身就是脆弱的，需要不斷地複誦，否則會被其他的話語淹沒。」小古醫生繼續說。

「謝謝。」幸子說。

小古醫生將手放開：「不要怕，有任何事情都可以來找我。」她將身子倚回原本的小沙發上：「要面對這件事情本來就不容易，妳已經很勇敢了。」幸子忽然覺得小古醫生慣有的笑容，看久了其實並沒有那麼討人厭。

「但是，玫瑰應該不是妳今天會來的主要原因。」小古醫生溫婉的笑容仍掛在嘴角上，彷彿臉部始終持續同一個表情都不會感到麻木。
此時幸子才想起傅里。那才是她決定要來的原因。
「妳願意說嗎？」小古醫生溫柔地問。幸子只是怔著臉，沒有任何表情。
「不急，一個人我會抓一個小時的看診時間。」小古醫生說：「別擔心，這就只是一般門診，只是看的是布偶症，所以看的過程會有點類似諮商，但並不是諮商。」可是幸子壓根沒聽過這種門診。她仍然猶豫著是不是要相信眼前這個人，但是她確實看見了深藍色的玫瑰。
幸子緊握著手上的玻璃瓶，她的臉上始終是那漠然的表情。
「布偶症是因為太在意別人的眼光。」幸子說。不像一個問句。小古醫生看著幸子，漾著不變的笑容點了點頭。幸子甚至有一種小古醫生的笑容並不自然的假想。幸子直直盯著小古醫生。
我沒有想過自己會去在意別人的眼光，可是他是我的男朋友。
我們一定會在意在乎的人的眼光吧。

如果他舒服，我也會舒服。如果他快樂，我也會快樂。
我有去運動，可是，我總是失敗，我不知道怎麼辦。我真的很胖嗎。
我真的很胖吧。才會弄壞了洋裝。
我又胖又醜。
他說他喜歡的是我的個性，我的心地。他在說謊嗎。
我明明又胖又醜。
男生真的是視覺動物嗎，或是說下半身動物。
那他為什麼要和我在一起。是同情嗎。
我應該要繼續為了他改變自己嗎。我想留在他身邊。我也想要他留下來。
可我也想要離開，因為我不喜歡在他面前的是這樣又醜又胖的自己。
愛情是放大鏡吧，讓人不得不看見自己的不堪。
只能擁有了又逃走。
我以為我只是個普通的女生，原來我還是個醜女生。
我配不上他。

這些話幸子都沒有說出口。她只是沉默而淡然地看著小古醫生。

「沒關係。」小古醫生的臉仍是那一致的笑容。

幸子想要離開這間小房間了。

「布偶症需要吃藥嗎？」幸子問。

「布偶症不是病。」小古醫生說：「只是失調的過程。」

「那會好嗎？」幸子又問。

「那要看妳怎麼面對它。」小古醫生貌似也感覺到幸子想要離開，便站起身，走向幸子剛剛走進來的那扇木門：「如果妳願意說了，隨時都可以再過來。」小古醫生將門打開。幸子站起身，走出那個小房間。

離開時幸子再次從側邊往櫃檯裡望去，她終於知道那片大木板的用意，女人纖細的腰身已經不見了，幸子看見的是一個蓬鬆寬大的身體，像布偶一樣。

幸子打開一樓的鐵門時，發現路邊多了一些剛剛她沒有看見的東西，少許的棉絮。沿著剛剛走過的方向，路變得越來越明亮也越來越接近捷運站，棉絮也逐漸變多。從捷運站後面的小巷子走出來，幸子第一次看見這樣的台北，氣溫是舒服的秋天，這個城市布滿漫天飛舞的白花花的東西，像是一場恆常而和煦的雪，覆蓋著無數靈魂，卻輕巧地沒有打擾任何人。如同小古醫生說的，原來每個人或多或少都是布偶，只是程度的差異而已。

人們的形狀變得扭曲，卻仍可以找到辦法活得義正詞嚴、理所當然。是以什麼樣的話語說服了自己呢。那些聽不見的句子散落在人們的肩膀，就像那些棉絮，變成無形的負擔。所以支配布偶的人到底是誰呢。

幸子的心裡有些沮喪，同時又有些高興。

這個世界再也看不見苗條的人了，每個人都變得像布偶一樣，胖胖的。

05

幸子一直說不出口那句「我們分手吧」。

在見完小古醫生之後，幸子就決定了。

傅里剛退伍，上次約他創業的朋友說終於找到投資人了，於是傅里打算搬到台北生活。幸子一方面很高興，一方面很抗拒，她手上拎著一袋燈飾，是要給傅里裝飾租屋處用的。在前往傅里住的小公寓的路上，好幾次她不知道自己為什麼要提出分手。但是當幸子想起那些夜晚和她熱烈親吻雙手卻過於安分的傅里，她的墜落感強烈地提醒著她：妳得想辦法停止這種不安。

分手前夕的傷心往往不是撕裂性的，而是妳就在站在那裡，被無數的感受刺穿，彷彿不是妳擁有感受，而是感受控制著妳。它一旦決定讓妳動彈不得，妳就哪兒也去不了。幸子的每一步都令她心悸。她認為傅里會讓她的布偶症更加嚴重。一如人們往往找到一個可以解釋的原因，就會自動地替這個原因額外地找足其他合理的說法。倒是傅里，除了手指和腳趾變得比較圓潤以外，沒有什麼明顯布偶症的特徵，傅里的頭上也沒花，就和一個普通的人一樣，但是傅里也不會受傷了，幸子想起以前傅里說過的話「我們變得強壯，就不會再那麼容易受傷了」，幸子抿了抿唇，真是個傻瓜，那是布偶症啊。

「我到了。」幸子傳了簡訊給傅里。傅里大約過了五分鐘後才下來。「好慢。」幸子邊說邊抬頭看向對應著傅里房間的那扇窗，窗面透著黃色的光線。「在整理東西。」傅里說：「要不要去散步？」「不要，我想先上樓。」幸子說。「那妳陪我去買個喝的。」傅里拉著幸子的手離開小公寓門口。

「你想說什麼嗎？」幸子跟在傅里身旁，淡淡地問。她發現傅里心不在焉。剛剛那房裡其實有著別人嗎。

「沒有啊。」傅里的手機已經換成最新的平板式手機，他說是為了增加未來的工作效率。傅里一邊在手機螢幕上滑呀滑的，一邊說：「我想說試試這個手機的新功能。」幸子沒有說話。「欸妳看，這很酷欸，它的螢幕變得超級大，所以如果，」傅里將手機朝向幸子：「我拍了一張妳的話，」然後將手機遞到幸子面前：「妳的臉就變大了耶！」傅里像小男孩一樣地笑著。幸子並不想笑。
「妳幹嘛，」見幸子只是沉默著，傅里將手機收進口袋，吶吶地說：「從剛剛就悶悶不樂的樣子。」
「我還是喜歡舊手機。」幸子說。至少臉比較小。
「等我賺錢了，買一隻送妳。」傅里說，一邊將手搭上幸子的肩膀。幸子沒有再說話。一直到傅里隨手買了一瓶飲料，回到小公寓門口時，幸子才開口：「傅里。」幸子叫住傅里，她停下腳步，示意沒有要馬上上樓的意思。她從遠遠的地方就看著傅里的窗戶。
「嗯？」傅里回過頭看向幸子，牽著的手自然地分開。
「你剛剛出門的時候有關燈嗎？」幸子問，眼睛直直盯著那已經暗下來的房間。剛剛那裡面有著別人吧。
傅里抬頭看向自己的窗戶：「咦，我忘了耶。」
「你剛剛沒有關。」幸子說。
「噢，那應該是室友幫我關的吧。」
傅里露出傻氣的笑容：「我們上去吧。」

「我們去路口的椅子那裡坐一下好嗎。」幸子說完，沒等傅里回應就往路口走去。傅里跟在身後。

「妳到底怎麼了？」傅里沒有坐下，他看著坐在那兒兩眼發冷的幸子。

幸子靜靜地抬起頭看向傅里。

「妳不要總是這個表情，我真的不知道妳怎麼了。」

幸子吞了一口口水，然後將目光從傅里的臉上移開：「我在想一些事情。」傅里沒有說話。他走到幸子旁邊坐下。交往這些年，他沒有看過幸子這樣的表情。

「妳在想什麼？」傅里淡淡地問。

「你覺得我胖嗎。」幸子說，她沒有意識地將自己的拳頭微微握緊。這是何等困難的一句話，其中摻著的並不是疑問。傅里吸了一口氣，仍沒有說話。

「怎麼突然問這個？」沉默了一會兒後，傅里說。

「很突然嗎。」幸子說。那些夜晚，很突然嗎。

傅里將臉別了過去。他心底知道那些異狀幸子不可能沒有察覺。他記得還在當兵時，某次自己到台北找幸子，明明燥熱著身子想要將慾望發洩，兩人將衣服脫光後，往常習慣開著小燈的他卻希望將燈關上，還好幸子也示意那晚她想要關燈。傅里有時候會問自己，這麼年輕，還可能遇到更好的女孩，為什麼一定要是幸子呢。在慾望面前，有時候他會忘記自己當初是被幸子的什麼吸引。他喜歡幸子的什麼呢。戀愛是衝動的，生活卻是恆常的。第一次和幸子赤裸相擁的時候，傅里就感到矛盾了。傅里努力地讓自己保持著喜歡的感覺，對幸子的喜歡越深，矛盾的感受卻讓他更為痛苦。傅里知道環肥燕瘦的女人都有人愛，可他偏愛的就是纖細的體態——我喜歡她，但我也不喜歡她，我喜歡我們談論宇宙與人生、我喜歡我們用各種通訊軟體調情，但我不喜歡做愛時她粗壯的大腿和微凸的小腹。生理上的慾望也包括視覺慾望，這是就算閉上眼睛，也騙不過自己的。愛的矛盾正在刺穿傅里，傅里感到劇烈的疼痛，而無法有多餘的心力感知到幸子的自卑。

「你真的覺得，這很突然嗎。」幸子看向傅里又問了一次。傅里感覺到幸子的目光，但他沒有將頭抬起來，他不想迎上幸子的眼睛。

「我很喜歡妳。」傅里說：「我喜歡妳喜歡一件事情，就喜歡到底。」

「但你不喜歡我的身體。」幸子說。

「我是個男人。」傅里說，聲音逐漸變得哽咽。傅里的頭仍低著。急促的呼吸與情緒，總會讓好不容易學會的優雅語言，變得拗口。

「男人怎麼了？」幸子直直盯著傅里，只見傅里將臉埋進自己的手掌，哭了起來。

「我有最基本的慾望，」傅里哭著說：「我也很矛盾，但是我正在努力克服了，相信我……」

傅里哭了出來：「沒有人……沒有人會想要上一個胖女人。」

幸子瞪大眼睛，應該要流下的眼淚杵在眼眶裡。這是愛的原型嗎。不是總有那流傳千古的俗諺，說愛裡面是無盡的體貼與包容嗎。

「你根本就不喜歡我。」幸子靜靜地說：「分手吧。」原來這句話沒有想像中地難說出口。幸子別過頭，然後站起身。

「子安……」傅里越發疼痛地哭了起來：「對不起……對不起、妳如果瘦下來……」

「我不需要為了滿足你的慾望而瘦下來。」幸子將牙根咬緊，將目光移至遠方。這句話是說給傅里聽的，她自己卻沒有聽進去。幸子再也沒有看向傅里。她不想要每一次看向他時，都感覺到被愛著與被傷害著，已經再也不能切割地攪和成了同一件事。那麼她寧可不要這份愛。不知道從什麼時候起，愛再也不是把我們聚在一起的原因，而是把我們分開的理由。也不知道是從什麼時候開始，愛填補了匱乏之後，卻招來更大的匱乏。

幸子站起身，將手上的袋子放在傅里旁邊的空位，那是剛剛她坐下的地方，她留下的最後一份禮物不是自己，而是漂亮的飾品，也許那更適合傅里。傅里看起來哭得很傷心。幸子深深地吸了一口氣，然後轉身離開。愛的疼痛在初冬成了自顧自的風景，但是大概只有足夠漂亮的人，才有被安慰的資格。

幸子走遠的時候不敢哭出聲，牙根被她咬得疼了，她仍不知道該如何放鬆。她的雙手緊握成兩顆紮實的拳頭。我不應該去招惹幸福，因為沒有人會……沒有人會……幸子無法將這句話接下去，只能在心裡重複地默念著——如果讓你痛苦，對不起，是我沒有符合獲得幸福的標準。對不起。對不起。請去找一個漂亮的女生。去找一個漂亮的女生吧。

這一別疼痛地像是正在耗盡生命裡的千山萬水，也只是塵埃一般，渺小的再見而已。幸子以為離開傅里就是離開了深淵，而不知道自己正在掉入更大的深淵。真正的深淵不在別處，在自己身上。

06 ／

楊思之越來越少回小公寓，大四的必修課比較少，幸子更是沒什麼機會見到楊思之，她只聽說楊思之和飲料店的老闆在一起，偶爾幸子會刻意走在飲料店的對街，偷偷地用餘光看看楊思之有沒有在裡面，但她一次也沒看到。和傅里分手後，生活變得冷清許多。二常公寓裡只剩下她和艾瑪。

這天艾瑪起得很晚，幸子在廚房煮午餐的時候艾瑪才剛起床。

「我這兩天要搬走了。」艾瑪邊說邊將身子倚在廚房門邊。幸子看向艾瑪。艾瑪的樣子不像路上的那些布偶一樣有著扭曲、膨脹的外型，她還是一個人原有的樣子，只是她的手指已經沒有那麼纖細，腳趾也從原本細長的樣子變得像是橢圓形。儘管如此，艾瑪仍然給此刻的幸子一種安全感，至少我們是一樣的人。艾瑪的頭上也沒有玫瑰。只是幸子心裡對之前的事情還是有些介懷。

「妳有把妳的玫瑰留下來嗎？」幸子故作若無其事地開口。

「妳去找小古醫生了？」艾瑪反問幸子。幸子沒有說話，她將目光移回煎盤上的荷包蛋：「幫妳也煎一份，我看妳都吃泡麵，對身體不好。」幸子說。

「每個人的花都不一樣。」艾瑪說：「我的不是玫瑰。」艾瑪將原本倚在門邊的身子站直，轉身走向客廳。

幸子總共煎了四顆荷包蛋，兩片厚片土司，和兩條培根。她端了一份給艾瑪。兩個人坐在小公寓的舊沙發上，坐下時還能感覺到破掉的皮沙發正磨著自己的大腿（那粗壯的大腿）。幸子盤起腿。「謝謝。」艾瑪說。從小古醫生那裡解開對艾瑪的困惑（或是說防備心）之後，艾瑪看上去不再那麼有稜有角，反而有些憔悴。

「為什麼要搬走？」幸子將盤子放在腿上，她將全熟的荷包蛋切塊。

「我休學了。」艾瑪邊說邊將半熟的蛋黃戳破，淋在吐司上：「妳怎麼知道我喜歡吃半熟蛋？」

「猜的。」幸子露出淡淡的笑容：「我喜歡全熟蛋，我猜妳和我不一樣。就像妳說我們的花不一樣。」

「第一次看見妳笑。」艾瑪說：「妳笑起來很好看。」幸子只是把一塊蛋白放進口裡。冬末的中午逐漸有了暖意。

「為什麼要休學？」嚼完那一口後，幸子問道。

「被當光了。」艾瑪聳聳肩：「反正我也不想唸了。」艾瑪繼續說：「我們唸的不是頂尖大學，也不是什麼厲害的科系，出來領一份大同小異的死薪水，我覺得很無聊。我不知道知識的意義是什麼。」艾瑪噘了噘嘴。

「知識本身應該是中立的，端看我們怎麼使用它，讓它對我們產生什麼意義吧。」幸子忽然覺得自己說起話來很像傅里，於是她低下頭，繼續裝作若無其事地咬了一口吐司。

「原來妳也是話多的人喔。」艾瑪笑了出來：「我以為妳是超省話的冰山女王。」幸子沒有說話，她不知道如何適應融合在自己身上的傅里的影子，在和傅里分手之後。「我女朋友也很愛說這種充滿哲理的話。」艾瑪繼續說：「太迷人了，我超喜歡跟她聊這些。」她看向幸子。幸子忽然有點不知所措。原來艾瑪是同性戀者，幸子沒有表現出驚訝，她怕那是一種歧視表現。艾瑪的眼睛很深邃。「我很高興妳去找了小古醫生。」艾瑪說。

「為什麼？」

「我不想要妳變得像楊思之一樣。妳還沒有看過楊思之現在的樣子吧，她好久沒有回來了。」艾瑪伸出自己的手：「她的手和腳比我更嚴重。我們都不會流血了。」

「這好像是必然的。」幸子想起傅里說過的話。我們變得強壯了，就不會再那麼容易受傷。但是，真的可以把別人看向自己的眼光，當作是自己看自己的眼光嗎。真的可以在追逐別人的期待之後，就把受傷的責任怪罪到別人身上嗎。

「至少現在看來好像是這樣的。」艾瑪說：「妳應該也沒有看見誰的頭上有花吧。」幸子點點頭。「妳的藍玫瑰真的很漂亮。」艾瑪補了一句。

「謝謝。」幸子說。

「之前聽小古醫生說，偶爾還是能看見頭上有花的人，沒想到是真的。」艾瑪笑著說。幸子害羞地眨了眨眼睛。

「那妳相信個性決定命運嗎？」幸子問。

艾瑪聳聳肩：「我不相信命運。」艾瑪說：「我覺得每一天都是可以選擇的。」幸子忽然覺得艾瑪有點可愛，這也是一種個性決定命運吧。

「妳有沒有喜歡的事？」幸子抬頭問艾瑪。

「不知道。」艾瑪嘆了一口氣：「我很羨慕妳，妳有一件喜歡的事情。」

「可是我的父母不喜歡。」幸子說：「而且我也沒有做得很好。」

「可是妳喜歡就夠了啊。」艾瑪說：「別人喜不喜歡重要嗎？」

「奇怪，這樣的妳頭上為什麼會沒有花。」幸子看向艾瑪的頭頂。艾瑪聳了聳肩，然後咬了一口培根。「其實不一定要被別人喜歡，但是，會希望被自己喜歡的人喜歡著。」幸子低下頭淡淡地說。

「妳一定要繼續畫畫。」艾瑪說：「光是妳的喜歡，就是繼續下去的充分理由了。雖然我沒去妳的畫展。」艾瑪露出帶著歉意的笑容。幸子狐疑地看向艾瑪。「喔，楊思之有給我妳做的酷卡，很美。」艾瑪說

「妳很習慣讚美別人嗎？」幸子有點不習慣。

「沒有啊。」艾瑪咬了一口吐司：「我很誠實的，就像，我不喜歡妳畫展的名字。」艾瑪邊說邊笑了出來。幸子也笑了。

「之前抱歉，我說妳的鞋子。」幸子趕緊趁機道歉。

「不會。」艾瑪說：「我爸媽離婚了，以前都是我爸幫我和我姊注意這些生活上的小細節，他們離婚後就只得自己處理，但我也沒有去處理，拖著拖著結果就是亂七八糟，難免的。而且我媽的更慘。」艾瑪露出笑容：「前陣子我還跟我姊去我媽住的地方幫她打掃，那比我破掉的竹蓆拖鞋還要麻煩。」艾瑪邊說邊將盤子舉起，順勢也將腳抬起，露出她腳上那雙竹蓆拖鞋。幸子明白艾瑪嘴角上的不是快樂的笑容，但很適合說起這些話的艾瑪。

「妳好像沒什麼害怕的事情。」幸子看向艾瑪。

「可能是人們害怕的事情太多了。」艾瑪說：「多數人喜歡先用害怕來面對事情，因為沒有自信，因為自信有時候會變成自傲，那乾脆懦弱一點好。但他們不會說這是懦弱，他們會說這是安分守己。我是不喜歡這種說法啦。」說著說著艾瑪露出羞赧的笑容：「雖然話是這麼說，但我也很愛逃避。我來這裡就是逃家呀，現在錢要花完了，我要去投靠我姊了，哈。」一樣是那個和快樂無關的笑容。幸子也露出淡淡的笑容。

「不過，」艾瑪說：「我其實不喜歡聽到有人說『我不要變成我討厭的那種大人』、『你有變成你喜歡的大人嗎』這種話。」

「為什麼？」幸子問，艾瑪身上相似於傅里的叛逆感讓她感到親近。

「我覺得很自以為是啊，沒有正視成長過程中一定會有所偏差的必然性，哪有人是完美長大的呢，又不是聖人。」艾瑪再次聳聳肩：「而且這些人口中的『那種大人』根本就沒有長大，那幹嘛要跟他比較，好像顯得自己的成長有多重要的意義。」

「可能只是一種警惕吧。」幸子說：「用來提醒自己而已。」

「這我認同啊，」艾瑪說：「當然要以他們做為警惕。但我的意思是，很多人的這些話裡，帶著的是一種輕藐，彷彿長大就是一種生命的絕對劣化，為了避開這種劣化，所以他們這麼說，他們以為喊出這些話之後，自己就跟那些他們討厭的人的樣子毫不相關了。」艾瑪的語氣變得有些激動，她想起衝動地離家搬進二常公寓的自己。

「這種事情不是用說的，是要用做的好嗎。不是逼迫自己保持單純不敢去碰複雜的人事物，說什麼現實多險惡。重點應該是，當醜陋的現實來臨，當你必須經過那些黑暗的地方時，你的反應是什麼，經過之後你還相不相信你原本相信的事情，或是你有沒有找到新的信念。而不單單只是把某部分的自己捨去，就感到生命正在破碎。生命自始至終都是破碎的，端看你拿著那些碎片去傷害別人還是傷害自己，還是將它視為一種與世界上的善意相認的暗號。」

「可是，當一個人說出『不要變成自己討厭的大人』的時候，我們怎麼分辨得出他是哪一種人？」幸子靜靜地看著艾瑪，她幾乎沒有聽過艾瑪說過這麼多話。艾瑪安靜了下來，露出思考的表情。

一會兒後，艾瑪露出害羞的笑容：「好像分辨不出來耶。」艾瑪說：「不好意思，我剛剛有點激動，這都是我女友教我的，哈哈。」幸子也露出淡淡的笑容，示意這並不打緊。

「妳應該要常笑啦，妳笑起來很好看。」艾瑪說，幸子有些害羞地低下頭。可是這樣的笑容還不符合擁有幸福的資格吧。「好啦，我差不多要去整理了。」語畢後艾瑪站起身，同時端起用完餐的盤子：「謝謝妳的早餐。」

「不客氣。」幸子說。看著艾瑪離開的身影，她彷彿也在艾瑪身上看見傅里。怎麼什麼都像傅里，幸子有些難受。

接著她聽見艾瑪在廚房洗盤子的聲音。「喔對了，」艾瑪從廚房探出頭來：「如果妳遇見楊思之，幫我謝謝她的吸塵器。」幸子看向艾瑪，點了點頭。「還有，如果妳遇見她，不要被她嚇到。不過妳應該也不會有什麼表情。真希望妳多笑一點。」幸子沒有表情地看著艾瑪縮回身子。這一次她終於聽得懂艾瑪的話了。她知道了吸塵器的用意，一如每天早上清道夫怎麼也無法把這整個城市的棉絮清掃乾淨一樣。幸子第一次覺得艾瑪很可愛，只是那天之後，幸子就再也沒有見過這樣的艾瑪。

幸子低頭咬了一口吐司。不是太好吃，冬天吐司冷得好快。

chapter 3

七十分與九十分

網路彷彿是個看不見邊界的大劇場，
每一雙眼睛都是一盞鎂光燈，
人們扮演著完美的角色，
人們簇擁而上、照單全收。

01

網路改變了人們認識世界的方式，改變了幸子和楊思之的命運。進步的科技打開了新世界的大門，讓老舊的人性重新排列。

幸子大學畢業後在一家小型獨立報社上班，她沒有搬離二常公寓，因為房租便宜，幸子要開始攤還大學四年的貸款了，能省則省。艾瑪搬走以後，二常公寓裡又回到只有她和楊思之的景況。不過楊思之幾乎不回來了，楊思之畢業後在飲料店的打工轉成正職，聽說飲料店老闆還為了楊思之把原有的其中一個正職辭退。於是幸子間接相信楊思之和飲料店老闆的傳言是真的。

幸子仍保持早起的習慣，只是不再去運動了，她恢復了在逐漸變亮的天色中畫素描的習慣。幸子現在畫的大多都是楊思之。

艾瑪搬走後沒多久，幸子第一次見到已經患上布偶症的楊思之。

那天幸子正在將洗好的被單曬在陽台，她聽見鐵製大門打開的聲音，她知道是楊思之。不過從被白色被單略微遮蔽的視線方向看過去，那個模糊的身影卻不像是楊思之，楊思之應該很苗條才對。幸子皺了皺眉，會是房東嗎，但是房東的身形應該也不是這樣的。那個影子圓鼓鼓的。幸子撥開被單，她看見一個大大的布偶從客廳走向楊思之的房間。那個布偶看起來有些骯髒破損，時不時會在經過的地方掉出一些棉絮。幸子瞪大著雙眼。那個布偶是楊思之。幸子冷靜地躲在被單後面，直到聽見楊思之將房門關上的聲音，她才快步走回自己的房間。幸子想到掉在客廳的棉絮，她急迫地想要打開自己的房門去清掃，但她不想要吸塵器的聲音打擾到楊思之。她不想要見到楊思之，卻又想要將她看清楚。

幸子忽然想通為什麼每每從飲料店對街經過時，會以為自己沒有看到楊思之，因為楊思之早就是一個大布偶了，幸子卻仍以楊思之原有樣態去搜尋她的存在。幸子震驚的同時又暗自鬆一口氣，現在的楊思之看起來比我還胖。看著原本比自己高分的人，終於有一天也獲得了不及格的分數，心裡總免不了一股輕快，這種輕快的感覺讓幸子以為自己正在從傅里給予的巨大黑洞中爬出，包括那個黑洞裡面滿布的嫉妒，她也正在一併掙脫。那天以後幸子開始畫布偶楊思之，那讓幸子感到平衡，在社群網站上，大家看到的妳公開展示的樣子，並不是妳真正的樣子。不同於艾瑪想要拯救楊思之的念頭，幸子希望楊思之永遠是一隻布偶。

有幾次幸子甚至為了要近距離觀察楊思之，會刻意待在客廳，只有在幸子這裡，楊思之長長的腿不見了，纖細的腰也不見蹤影。畫著布偶楊思之的幸子獲得著矛盾而短暫的快樂。

這天是週末，報社的袁社長希望幸子能夠在下週提一份主題人物企劃。這家報社很小，每週出一份薄薄的刊物，大約四張報紙的載量，發放通路約莫是各市立圖書館、些許咖啡廳的櫃檯或門口。除了袁社長，員工加上幸子只有三個人，收入來源是一些小廣告的投放，整體而言這是一家長期虧錢的小報社。不過袁社長對辦報有憧憬，相對於大型週報的內容撰寫方向，袁社長想要反向操作，寫下各種小人物的故事。袁社長認為每個人的生命都有它獨特的地方，於是直到把創業貸款用盡以前，袁社長仍想繼續做下去，慶幸他身邊有個懷有同樣憧憬的好夥伴沈主編，兩人在畢業後先有了幾分其他的正職工作，直到三十歲那年，才毅然決然地辭職創業，回到熱切的夢想裡頭。

幸子在應徵時對這份工作並不抱有特別的期待，對袁社長也沒有什麼深刻的印象（除了說話方式之外），當時只因為報社離二常公寓不遠，幾站公車便能抵達，幸子才丟了履歷。面試時袁社長直挺著他乾癟的身子，明明才三十三、三十四歲左右，下巴卻留著一小撮鬍子，一臉「我很成熟」的大叔樣子，還有一頂畫家帽和一副沒有鏡片的粗框眼鏡、白襯衫和深色窄褲（雖然在幸子眼裡，已經是一隻布偶的袁社長的窄褲看起來蓬鬆許多）。除了那雙舊得令人匪夷所思的雕花皮鞋之外，袁社長的裝扮和時下人們既定印象中的文藝青年有幾分相似。

「我不是文青，只是挪用一些文青的裝扮。他們太矯情了嘛，不過衣服有時候搭配得蠻好看。人不能以偏概全的嘛，優點就是優點，出現在不喜歡的人身上那仍然是個優點嘛。」袁社長在面試時和幸子這麼說，平和的口吻為自己做一種自我想像但帶著排拒的解釋。幸子只要聽到袁社長的「嘛」、「的嘛」就覺得不舒服。「眼鏡就是修飾臉型的嘛，裝鏡片喝熱湯就尷尬嘛。」袁社長補充說道。幸子默默吸了一口氣。

週報的名字是《小事生生》，因為成本和內容不夠印製成一本刊物，於是袁社長索性就將《小事生生》稱為週報。

「生的意思嘛，就是一切可以發育的物體在一定的條件下，具有了最初的體積和重量，而且能持續發展長大。」袁社長說：「那些普通的小事我們認為不重要，但對那些人而言往往會在他的生命裡持續長大的嘛。」幸子又吸了一口氣。大概是這個職位一直都缺人，幸子只在最後說了一句：「嗯，我知道了。」就被錄取了。「我還以為妳是啞巴，啞巴就真的不能用了嘛，我們這個是要對話的嘛。」袁社長邊說邊伸出手：「歡迎妳加入《小事生生》。接下來妳就跟著沈主編嘛，不過他今天剛好休假。沈主編是我大學同學，很好相處的嘛。」幸子禮貌性地也伸出手，袁社長熱情地握上來。幸子隔天便開始了這份工作。

通常是袁社長和沈主編一起出去採訪，回來後幸子將文字做簡單的編輯整理和排版，再交還給沈主編審稿及送印，幸子的工作內容偏向美編兼行政助理。不過沈主編近期想將一年份的假一次用掉，於是採訪的工作就落到幸子身上，又恰巧袁社長想要調整每週採訪一個小人物的設定，他希望有更明確的系列感，於是希望幸子擬一份系列性企劃。幸子很苦惱，因為她並不喜歡與人交談。

幸子窩在房間裡，桌上放著舊型的厚重筆電，剛出社會才半年多的幸子，還負擔不起輕薄型的隨身電腦。坐在書桌前，幸子實在沒有靈感，索性打開社群網站的頁面。現在的社群網站和以前的無名小棧不大相同，不再是相對封閉的顯示，要記住一個人的帳號（一行代碼），主動點選才能進入到他的頁面；現在的社群網站匯集了所有人們點選過「追蹤」或是「喜歡」的帳號（亦是一行代碼，或一個不一定是身分證上的名字），透過網路演算法的記憶與改變，人們可以輕鬆瀏覽自己關注的事物。儘管在上面的每一個人，都仍只是一行代碼，立基於網路服務的虛擬數位行為，每天每天鑄造著人們真實的感受。

幸子刻意點選進楊思之的個人頁面，頁面上顯示的楊思之，和幸子桌上放著的幾張布偶楊思之的素描有巨大差距，除了服飾與髮型一致以外，社群網站上的楊思之像是另外一個人。「自欺欺人，」幸子盯著楊思之的照片喃喃地說：「只看得見妳想看見的自己。」都是演出來的。網路彷彿是個看不見邊界的大劇場，每一雙眼睛都是一盞鎂光燈，楊思之扮演著完美的角色，人們便簇擁而上、照單全收。幸子轉了轉眼珠子，打開空白的Word檔案。

幸子決定寫一份企劃，名為《一人劇場》。這個企劃裡每篇的主題是各種「形容詞、動詞」加上「的人」，比如〈單身的人〉、〈早起的人〉、〈失眠的人〉等等，針對一個人認為最適合放在自己身上的形容詞，進行提問和採訪。由此可以看見他人是如何看待自己、如何演繹自己。幸子猜想，人們藉由描述自己來重新建構自己在他人眼中的形象，其實與社群網站上的那些時而分享喜悅、時而憤慨地埋怨的文章和照片，並無二異。人們甚至依賴著透過這樣的行為，來重新捏塑、確認自己的樣態。有時候甚至必須以此來逃避現實生活裡的種種斑駁。

幸子坐在書桌前，將企劃寫完後，她再次打開楊思之的個人社群頁面。最新一則是一張好看的照片，照片裡有一塊漂亮的蛋糕，是紅心皇后的樣式，旁邊有漂亮的紅玫瑰和白玫瑰花瓣點綴。幸子點開那張照片，地址顯示為一家市區新開的特色咖啡廳。

「聽說紅心皇后的草莓蛋糕是招牌，如傳說中的甜而不膩，必須嚐嚐。謝謝我的紅心國王，愛麗絲咖啡總有奇遇（愛心圖樣）。」楊思之這麼寫著。這張圖的右下角顯示有三千多個人按了「喜歡」。

和以前不一樣的是，以前看不見這個數字，有多少人迷戀著楊思之，僅能以別班、別系甚至是別校的人們口中探聽著傳聞，現在可以輕易而公開地看見實際的數字，對一個人的印象在網路上變得具體了。而和以前一樣的是，楊思之仍是那個被追捧的女生。

幸子盯著那「三千多個喜歡」好一會兒後，她將電腦闔上，起身走出房門去客廳旁的浴室洗臉，然後再回到房間內。她一動也不動地站在房間內，不知道在想些什麼，只是反覆地將電腦打開、闔上、再打開。最後幸子在Youtube的搜尋欄上打上幾個字，按下三角形的播放鍵。

幸子走向衣櫃，裡面寥寥可數地只有幾件衣服，從很久之前有了去東區逛街但不太愉快的經驗之後，幸子就沒有再逛街了。幸子挑了兩件下著在自己身上比了比，她認真地思考著，白色上衣配黑色褲子，是好看的嗎。還是要配卡其色裙子呢。幸子大多數衣服都偏皺，她從衣櫃抽屜裡翻出了一件白色棉質上衣，然後走去廁所，在自己的手上沾了些水，再以手朝衣服做出噴灑動作。聽說棉質衣服灑一點水就會比較平整。衣服恐怕還是皺的，不過幸子覺得確實有平整一些。做了一些努力之後，最初獲得的回報往往不是實質上的，而是心理上的。實質上的回報也許看機運、靠時運，心理上的回報卻是來自個性、偶爾來自必要而無傷大雅的自欺。這樣努力才能繼續下去。

還差什麼呢，幸子站在鏡子前盯著自己蒼白的臉。口紅。幸子想到，應該讓嘴唇有些顏色，但自己平時並不碰這些。幸子像是想到什麼，開始在房間裡的小盒子、小櫃子各處翻找，接著她在書桌旁最下面的那一櫃抽屜裡的最邊邊，找到一支未拆封的口紅，是大二在陽明山上辦那個小小的畫展時，楊思之送的。黏在口紅盒子上的卡片還在那裡：妳的畫美美的，妳也要美美的。幸子將那張卡片粗魯地撕下，因為放了有兩、三年之久，膠帶已有些變質，卡片在撕下時上頭的字也一併被撕去。幸子不太在意，只是自然地將卡片丟入垃圾桶。我當然也要美美的，但是是跟妳不一樣的美。妳的美是假的。幸子看了一眼放在桌上的布偶楊思之的素描，接著將口紅打開。

口紅也變質了，已有些軟化。但無所謂，幸子生疏地塗抹著口紅，因為力道拿捏不當，口紅軟化的部分成塊地遺落在幸子嘴唇上。幸子索性以手指將軟化的口紅塊抹平，食指在唇上塗抹了一會兒後，染上了紅色的印記。接著幸子把音樂關掉，像是結束一個重要的儀式。出門時幸子特別選了平常較少穿的白色布鞋，背上小巧的包包，雖然整體視覺上不太和諧，但至少是現有的組合裡可以做到最好的了。

幸子走出二常公寓，到最近的公車站等車。陽光很舒服，幸子心臟麻麻的。她打開手機，已經不是幾年前慣用的按鍵式手機了，現在的手機上沒有鍵盤，而是光滑的一片平板，幸子的社群軟體停在楊思之的頁面上。

公車來了，幸子招了招手，走上公車。坐下時她忽然想到，啊，忘了噴香水。不知道香味也算在美之內嗎。她看了看公車上的布偶乘客們，布偶乘客們人手一支平板手機，幸子經過他們時偷偷瞥著他們在瀏覽什麼樣的頁面。各種社群網站上的世界跟現在她所處的世界，是截然不同的景象。美好的臉龐、體態、彩妝與服飾，美好的笑容、文字與食物。幸子隨意找了一個空位坐下，不知怎麼地一股異味傳來，大概是昨晚下雨的關係，整個公車內都非常潮濕，而幸子選的位置腳邊又恰巧有些積水。不應該忘記噴香水的，幸子想。無論是哪一個社群網站，上面的那些照片與文字，彷彿都帶著香味，一點也不像這惡臭的公車與這惡臭的人群。幸子些微地閉氣，感到難受的時候便斷斷續續地呼吸。

約莫三十分鐘後，公車開進了市區，幸子在某一站下了車，她沿著手機裡的電子地圖圖示尋找目的地。幸子從六線道大馬路轉進一條安靜的小巷子，巷子的一邊是挑高的磚色圍牆，圍牆內種著一排樹，些許樹枝伸出了圍牆外，另一邊是一些小巧的店家。再往裡面走，有一塊小綠地，小綠地旁有一間白色建築物，建築物門口以許多綠色植物裝飾著，門口有個木製的立牌，上面寫著「愛麗絲咖啡」。從窗外看進去，可以看見裡頭坐滿了人，畢竟是週末，幸子想著，但她還是想待在那裡用餐。

「請問還有草莓蛋糕嗎？」幸子打開門後，走向櫃檯詢問道。

「您是要詢問紅心皇后嗎？」櫃台的服務員親切地看向幸子：「還有唷，請問幾位呢？」

「一位。」幸子的聲音非常小。彷彿自己也渺小得不屬於這裡。

「那可能要坐窗邊的吧檯桌噢，或是要跟別人併桌。」服務員說。

「窗邊好了。」幸子說。

「好的，那需要喝點什麼嗎？」

幸子搖搖頭。

「那請直接入座就可以囉，我們是餐後買單。」服務員不改親切地說道。

幸子面無表情地走向窗邊的吧檯桌。她感到滿身不自在。服務員剛剛是在看我的口紅嗎，他覺得這個顏色很奇怪嗎，還是我的搭配很醜嗎。我很醜嗎。大概怎麼樣的打扮都掩蓋不住我臃腫的身材吧。幸子忽然有點後悔來到這個地方。甜點送上來時打斷了她矛盾的思緒，幸子盯著那塊蛋糕許久，接著她拿出手機，模仿著楊思之的角度也拍了幾張。許多事情怎麼逐漸都要以手機作為參照，是依賴著手機嗎，還是依賴著手機裡的人，還是這種不斷更新的生活型態，帶來了過多飛竄的訊息，在自己要被淹沒以前，只得拚命從中抓取幾個強烈的句子，以此才能活下去。幸子並沒有興起這些如果是以前的自己會忍不住有的感慨，現在的她只關注她與楊思之之間，不一定真正重要的事。

幸子小心翼翼地切了一小塊蛋糕放進嘴巴，整口都是濃濃的草莓香，確實甜而不膩，有它是招牌的道理。這讓幸子有些沮喪。她原本是想要戳破楊思之故作優雅的假象——她原本是預設這蛋糕又膩又難吃的。

幸子將還未暗下的手機螢幕點至自己的社群頁面，她按了登出，然後快速地註冊了另外一個帳號。她找到楊思之的帳號（還好她的帳號是公開的），接著毫不猶豫地在那張紅心皇后的照片下留言：「我覺得太甜，而且內餡很乾，很難吃。」幸子感覺到自己正在與那「三千多個喜歡」對抗著，無論有沒有意義，她都必須對抗，才能將內心不舒服的感受發洩掉。然後幸子按了登出，將手機放下，螢幕朝下地蓋在桌子上。她不確定這些不舒服的感受是否真的不見了，她只知道自己像是被什麼推遠了，遠得看不太清楚起先這樣的心情是怎麼開始的。

幸子嘆了一口氣。她看著自己手上稍早因為抹過口紅而留下的紅色印子，想起剛剛在Youtube上聽的那首柯智棠的〈無傷大雅的瘋狂〉：

我就是無法拋下那樣　讓人狂喜的悲傷

我就是傻啊　傻的無傷大雅

柯智棠唱得真好。幸子心想。

原本是想要安慰自己，可是怎麼越被安慰，越需要被安慰。此刻的幸子也是一塊蛋糕，正一口一口地被嫉妒吃掉。

02

楊思之站在鏡子前面，直直地盯著自己的臉。她希望自己能夠受傷。流血或瘀青都好，只要能夠受傷、留下痕跡，也許心裡的疼痛感就會被紓解一些。這是楊思之無法告訴任何人、也無從說起的祕密。祕密有時候是痛苦的根源。楊思之是知道的，當決定要和陳老闆在一起的那一刻起，就必須要負荷痛苦帶來的折磨。她原先以為，愛能減緩痛苦，終於才尋找到屬於自己、適合自己的關係，有什麼樣的磨難是不能解的呢。而祕密背後總有另外一個祕密，它們相互平衡，才使得人們乖巧地為它沉默。原來有時候是愛加劇了痛苦。

第一次察覺陳老闆的異狀，是在某個平日晚上。那天下午合作的食材商進貨，恰巧大孟請假，便由陳老闆和楊思之顧店，楊思之搬到最後一箱食材時力氣有些使不上，一下子手滑，整箱重物就這樣往她的雙腳砸去。陳老闆趕緊放下手上的東西上前去。

「沒事的。」楊思之重心不穩地跌坐在地上，看著陳老闆迎了上來，便露出笑容。

「就算不會受傷了，破皮了也不好看。」陳老闆的口吻有些憂心，一邊將手伸上前去，握住楊思之的腳踝。

「沒事啦。」楊思之笑容很燦爛，因為感覺到自己被擔心而心裡甜甜的。

「沒事就好。」陳老闆邊說著，卻沒有邊站起身。

「怎麼啦？」楊思之問，並試圖要站起來。

「好美。」陳老闆盯著楊思之白皙的雙腿，沒有縮手。楊思之有些愣住。

「沒有瘀青的樣子，好美。」陳老闆緩緩地說，沒有將望著楊思之雙腿的目光移開，臉上在不知不覺中已經漾起深沉但興奮的笑容。

「傻瓜，還看不夠呀。」楊思之拍了拍陳老闆：「讓我起來啦。」陳老闆這才將手放開。直到楊思之站起身，拍打著身子上的灰塵時，陳老闆都沒有隨之站起來。「你不起來呀？」楊思之彎下腰，再次拍了拍陳老闆的肩膀。

這時陳老闆才站起身子，有些恍惚地說了一句：「思思，我出去一下，晚上才會回來。」說這句話的時候他甚至沒有看向楊思之的眼睛，而是緊盯著那雙毫無傷口的雙腿。巨變的伏筆是微小而看似不重要的異狀，一次次地忽略，只會加快巨變的發生。楊思之覺得有些疑惑，但仍是選擇了忽略。總之會沒事的吧，尤其當對方是自己喜歡的人時，完全的信任會讓異狀的合理性莫名地被提高。

那晚一直等到飲料店關門時，陳老闆都沒有回來。楊思之將鐵門拉下一半，在裡頭算著這個月的帳目，一邊隨意地使用著手機。這陣子偶爾會有些奇怪的人在她的頁面留言，只要她說推薦哪個產品，那些人就會說那個產品難用，只要她說什麼東西好吃，那些人就會說明明就很難吃。同樣和她一樣有著很多追隨者的漂亮短髮女孩艾米，總跟她說沒事的，這些人就是故意唱反調，因為她們嫉妒。另一個漂亮女孩心妍，偶爾也會跟她分享自己收到莫名其妙的敵意訊息。不過楊思之心裡知道，這些一個又一個漂亮的女孩們，她們享受並且習慣了這些陌生目光的追捧，久而久之便無法適應任何一句逆向的句子。讚美是悅耳的，同時容易讓人變得脆弱、承受不起任何批評。楊思之輕輕嘆了一口氣，她覺得自己正逐漸地變成這樣的人，於是只能渴求更多的讚美，去淡化不好聽的話帶來的受傷感，去撐起越來越單薄、隨時可能碎裂的內心。

剛剛算到哪了呢，楊思之搖搖頭，一下子分心了，發現自己正在將還沒有算完的數字填上帳本，便趕緊畫掉。楊思之將手機放在一旁，有些擔心陳老闆，陳老闆通常不會出去這麼久。

陳老闆回來時帶著一身酒味。楊思之聽見腳步聲，趕緊去攙扶住陳老闆。「怎麼了？」楊思之擔心地問道：「怎麼喝這麼多酒呀？」

「我好高興呀。」陳老闆說：「好久沒有這麼高興了，」然後一手抱住楊思之：「能認識妳，真的太好了。」陳老闆醉醺醺地說。楊思之讓陳老闆坐在後面小隔間裡的椅子上，自己先將帳目本收起來。陳老闆還是習慣用紙本記帳，楊思之總是先順著陳老闆的方式以紙本記帳，再默默地替他將帳目轉移成電子檔，後來陳老闆也逐漸學會了用電子的方式查看帳目。陳老闆看著楊思之手上的帳本，一把搶了過去。

楊思之看向陳老闆：「哎呀，你等我一下，我等等就過去陪你嘛。」然後作勢要拿回帳本。陳老闆躲過了楊思之的手，他將帳本翻開，看到楊思之在上面的畫記。

「寶貝，妳為什麼要畫掉這行呀？」陳老闆轉頭看向楊思之，露出深沉的笑容問道。

「剛剛驗算的時候發現算錯了，我明天會再重算一次。」楊思之以安撫的口吻說：「你先坐下好不好呀。」

「算錯？」陳老闆用力地甩開楊思之的手，眼神忽然變得鋒利：「妳竟然算錯？」楊思之的心顫抖了一下，她沒有看過陳老闆露出過這種眼神。陳老闆站直了身子：「別怕，我是不會喝醉的。」然後開始大笑著：「哈哈哈哈哈，就算喝醉了，我還是有力氣處罰做錯事的人！」語畢後又馬上換上那深沉的眼神。

「寶貝……」楊思之見事態有些不對勁，便以親暱的口吻呼喚陳老闆。陳老闆看著楊思之，笑容越來越深、越來越深。然後他舉起右手，一個巴掌打在楊思之臉上。楊思之瞪大眼睛，回過頭看向陳老闆，眉頭皺得很深。

「做錯事的人，就要受到懲罰。」陳老闆說，他的笑容並沒有退去：「我老婆說的，我老婆是老師，她說，做錯事的人，」陳老闆走近楊思之，親切地撫摸楊思之的臉頰：「就要受到懲罰唷，寶貝。」楊思之驚恐地看著陳老闆。陳老闆點了點頭，自顧自地說道：「沒錯，我老婆說的是對的，做錯事的人要被懲罰。」他邊說邊狠狠地踹了楊思之一腳，楊思之跌坐在地上，腹部感覺到些微的異狀。

這是楊思之第一次遇見這種狀況，無論是陳老闆喝醉，還是他人的暴力相向。就算是不屬於母親的父親，也不曾這樣對待過母親。楊思之想起母親和父親坐在一起用餐的畫面，楊思之原以為，成為別人的第三者，認清自己的命運，就能獲得像母親一樣的愛，對，像母親一樣，才能獲得那樣的愛不是嗎，怎麼現在，她終於也像母親一樣了，男人卻沒有像父親一樣好好坐下來、好好愛她。

陳老闆似乎沒有要停止的意思，他繼續一腳一腳地踢在楊思之身上，一拳拳地重重打著，口裡不斷地喊：「別怕、別怕，妳還是很漂亮的。別怕，妳不會瘀青的，思思寶貝，妳好漂亮，妳好漂亮啊。」陳老闆的腦海裡閃過自己瑟縮在牆角，不斷地被一個女人拳打腳踢的畫面，女人摔破了杯架上的杯子與櫃子裡的碗盤。女人喊著，憑什麼你不會受傷，憑什麼你這麼漂亮，憑什麼我為你生了孩子，就得要恢復像小時候的體質，就要擔心受怕，受傷了會出現瘀青，憑什麼，你憑什麼。楊思之身上傳來的淡淡香水味，和那個女人一模一樣，有幾度陳老闆覺得自己在打的不是楊思之，而是那個女人，這使得陳老闆越發地用力。這是陳老闆送給楊思之與妻子同樣味道香水的真正原因。

陳老闆漲紅著臉，不知道是酒意還是怒意，也不知道這一拳一拳、一腳一腳，是讓那些畫面更清楚還是更模糊。陳老闆沒有哭，只是笑得更為猖狂：「就妳最漂亮了、就妳最漂亮，能愛著這麼漂亮的妳，我好高興啊，我他媽的太高興了啊。」

楊思之像個布偶一樣被當成出氣筒不斷地挨揍，那天晚上她流下的所有眼淚，陳老闆彷彿都沒有看見。後來，每一次只要楊思之惹陳老闆不高興了，她都會挨揍，陳老闆知道不會被任何人發現，有時候會打得更加狂妄。儘管楊思之的皮肉上再也沒有痛的感覺，只剩下些微的異狀感，心臟卻被揪得越來越緊。忘了是哪一次，是陪陳老闆去台中參加朋友的活動，不小心遇見艾瑪那一次嗎，還是有一次老闆娘來了，楊思之因為怕尷尬而沒有向老闆娘打招呼，忘了是哪一次，楊思之被打的時候，僅剩的些微異狀感也漸漸地消失了。

「寶貝，我漂亮的寶貝。」陳老闆總是在對楊思之一頓暴打後又溫柔地吻她、跟她求歡，隔天則恢復正常，好像一切都沒有發生過，他們仍是如初的甜蜜戀人關係。

楊思之曾經想要離開，結束這段關係。陳老闆也從來沒有威脅過她要留下，只是不斷地告訴她：「離開我以後，再也沒有人會像我這樣愛妳了。妳知道我有多需要妳的，妳知道自己也是同樣需要我。不要走，思思寶貝，不要走，妳走了這世界上最好的愛就不存在了。」匱乏會永遠箝制著一個人——匱乏會產生甚至助長慾望，而在慾望面前，所有人都是僕從。

此刻的楊思之站在鏡子前面，她看見自己紅了眼眶，想哭卻無法哭出來。她習慣了不斷地說服自己，愛與疼痛是摻半的，是相輔相成的，更是互相滋養能夠將靈魂揉捏、將生命溫潤的最美好的事物。

她盯著自己的臉蛋，這真的代表著美麗嗎。美是什麼呢。

楊思之深呼吸了一口氣，然後她拿出手機，傳了一則訊息給幸子：「週五我會帶幾個朋友回家過夜，男生女生都有唷。先跟妳說一聲噢。」還是好好地和幾個朋友聚聚吧，楊思之這麼想。訊息裡輕快的用詞，彷彿她始終都是那個與快樂匹配的人。楊思之揉了揉眼睛，希望揉去那可能會泛起的淚水。還好她仍哭不出來。她傳了幾則訊息給幾個朋友，邀約他們來家裡作客，楊思之其實很少做這樣的事，但這一刻她迫切地希望，有人能以完好無缺的姿態來到她身邊，來讓她以為自己也仍完好無缺。

人們有時候是因為愛而聚集，但有更多時候，人們是因為寂寞、因為帶著粉飾過度的傷口，而相聚相依，同時相欺。

幸子站在鏡子前面，這是她第一次仔細地凝視自己。她對自己感到陌生。

幸子將衣物退去，只留下貼身的內衣褲。她不自覺地開始進行數落：這雙腿不合格，大腿中間怎麼不像明星一樣有一條空隙，皮膚也不細緻，這個小腹不合格，這手臂也好醜，怎麼連手指都這麼粗，還有這個像大餅一樣圓圓的臉蛋，這雙那麼小的眼睛，這個那麼塌的鼻子，為什麼我沒有雙眼皮。幸子未曾注意到的自己身上的特徵，一下子全部湧現，變成缺點。好醜。我好醜。在未曾這麼做以前，倒也不會這麼在意，就像在還沒有人對自己有所評價與指點以前，自己……自己是什麼樣的呢。幸子想不起來。

幸子再看了一眼這面掛在自己房門後面的掛鏡，她走出房間，在客廳的工具箱裡找到一個榔頭，她用力地朝鏡面敲擊，鏡面出現一個像蜘蛛網的裂痕，接著有些鏡塊碎裂地掉到地上。幸子走下樓，在街口的紙類回收區箱裡拿了一疊廢報紙。幸子將破碎的鏡子與掉落的碎鏡塊包起來，然後貼上一張「易碎物，小心刮手」的字條，她將包好的鏡子搬出房間、搬下樓，拿到街口的垃圾擺放區。

幸子決定再也不要照鏡子，那也許可以讓自己離矛盾的感覺遠一點。轉過身時幸子鬆了一口氣。

回家的路上幸子想到，今天是星期五。到家時楊思之還沒有回來，幸子慣性地拿起吸塵器將客廳和走廊等公共區域清理了一番，她偶爾會因此想起艾瑪，但這樣的時間並不多。楊思之說今天會有人來小公寓過夜，楊思之難得這麼做，但幸子未察覺到異狀，她決定將廚房和陽台也整理整理。

幸子走到陽台，將楊思之的衣物一一收下，收到第三件衣服時，她看著楊思之的內衣褲，停頓了一會兒，然後又把那三件衣服重新掛上衣架。小公寓的掛衣桿是可拆式的，幸子費了一點力氣將衣桿拿進客廳，她特別將貼身衣物放在顯眼的地方。

接著幸子走進廚房，她看著這兩天兩人都未處理的水槽，她和楊思之不成文的默契是，至少兩天要清一次水槽，一人一次。這次輪到她了。她盯著水槽，然後從旁邊的置物櫃拿出一碗泡麵。吃完泡麵後，幸子將泡麵的碗和醬料包放在水槽邊，沒有任何其他的動作，接著走回房裡。

這時候的幸子還不知道，那天在楊思之的貼文下面留下蛋糕很難吃的留言後，有些人駁斥了幸子，同時，也開始有人學著幸子對楊思之進行批評和謾罵。儘管幸子再也沒有登入那個殭屍般的帳號。而其實，以後的幸子也不會知道。人們在做出自以為渺小、微不足道的舉動，在說出自以為無傷大雅的話語時，總會忽略他人見縫插針的力量、忽略行為會傳染。說著這些話語、做著這些事的人們，甚至無需為他們的話語和行為負責。他們只需要認真地生氣著、認真地埋怨著、認真地討厭別人，彷彿就完全等於了認真生活。

所有人都辛苦。可是當忍不住以批評、謾罵、質疑去宣洩日常中遍布的煩惱與痛苦的時候，誰會想起這件事呢：誰不辛苦呢。幸子當然也沒有想起，這句艾瑪說過的話，儘管那時候她其實是有聽見的。

幸子若無其事地坐回書桌前，將電腦打開，找出這週剛寫好的採訪內容。沈主編說，幸子加入報社也有一年半多了，有機會可以開始讓幸子當主要的採訪者。幸子不想，她只想安靜的工作。袁社長意外地很喜歡幸子之前的提案，沈主編沒有多說什麼，他休假回來後，整個人變得嚴肅許多，偶爾在發想下一週要採訪的人物時，還會出現不耐煩的表情。但幸子沒有太在意。

這週的主題是〈矛盾的人〉，沈主編和袁社長找到了附近國小的一個班導師，是前陣子袁社長想要推廣《小事生生》時，在圖書館偶然碰見的，袁社長覺得和那個老師投緣，兩人聊了起來，爾後就推薦給沈主編，說很適合讓沈主編進行採訪。沈主編與袁社長討論之後，希望能採訪到對於近幾年台灣國小教育以及少子化的看法，沒想到採訪時，那位國小老師卻聊起了自己家裡的故事。

那位國小老師說，自己的丈夫有暴力傾向，在生孩子前，她幾乎是天天挨打，不過還好長大後人們就不怎麼會受傷了，所以從外表是看不太出來的。後來她生了兩個孩子，第一胎生完後，她發現自己被丈夫打後偶爾會像小時候一樣出現瘀青，於是便開始反擊丈夫，丈夫說那是不夠成熟的表現，成人是不會受傷的，妳不配做我孩子的母親，她生氣地反駁，所有人都會受傷，只是時間讓我們把傷口藏起來了，藏在心裡面，看起來不存在，但每一晚都狠狠地刮痛著自己。幾個月後，丈夫開始嫌棄會瘀青的她長得醜，兩人便開始分房睡。

事情的轉機在某次丈夫帶了一瓶香水回來，說是知道錯了，想要和她重新來過。她顧及孩子也三、四歲，開始懂事了，便又搬回主臥房與丈夫同床。丈夫變得很溫柔，無論日常對話還是床笫之間。她覺得很奇怪，但也找不出原因。有一次她到丈夫上班的地方，看見一個年輕漂亮的女同事，她心裡便有了底。她沒有拆穿丈夫。她知道丈夫將暴力的發洩全傾注在那個女孩身上了，只是沒有人看得出來。她渴望丈夫的溫柔，同時希望這樣的家庭平衡不要被破壞、孩子的童年不要被傷害，便刻意忽視自己心裡的矛盾。而這陣子，丈夫又開始出現些微煩躁的情緒，也會像以前一樣摔東西，她不知道該怎麼辦，心裡的矛盾越來越大、越來越大。

幸子讀到這裡，沒有興起一絲同情，她覺得這個國小老師太自私了，怎麼可以為了自己的家庭而將這種痛苦轉移到別人身上呢。這個標題不應該是矛盾的人，應該取作自私的人。在未具名的時刻，在幸子未以被嫉妒蒙蔽的雙眼看著這個故事時，其實她並不真的討厭楊思之。討厭一個人，些許時候是為了討厭而討厭。為了讓自己好過。幸子沒有將文章讀完，就聽見細微的喧鬧聲慢慢靠近，接著她聽見小公寓大門打開的聲音。楊思之回來了。幸子沒有闔上電腦，故作認真地繼續盯著電腦螢幕。

「天，我竟然看到思思的內衣！」幸子聽見一個女聲尖銳地驚呼。

「快拍起來快拍起來！」另一個女聲開玩笑地說：「沒想到美女思思家的布置這麼別緻！」

「哎唷別糗我了。」楊思之笑著自嘲：「對美女的幻想快點破滅吧，美女也是人啊。」幸子聽了心裡有些不舒服。妳不是應該要很尷尬嗎。

「還有泡麵的醬包沒丟！」這次是一個男聲。看來楊思之的朋友一進門就開始四處亂逛。幸子聽見楊思之踩著拖鞋的腳步聲，楊思之走到廚房門口：「哎唷，今晚正要處理嘛。」為什麼不說那是我室友的，幸子在房裡仔細地聽著，快說那是我室友的。可惜那晚楊思之始終沒有說出關於幸子的任何事，儘管她知道泡麵碗是今晚才多出來的。幸子那股未被熄滅的怒意又興了起來。她想要更理所當然地討厭楊思之，以合理化自己的行為，讓憤怒得到釋放。隔著一扇門，楊思之跟那些人總是笑笑鬧鬧，聽起來就只是三五好友互虧而已，並無真正的嫌惡、沒有一處縫隙可以讓幸子安放自己。

睡前，幸子傳了一則訊息給楊思之：「抱歉，我怕明天會下雨才將衣服拿進來的。」幸子已經忘記自己曾經是會將楊思之的衣物收起來，並且特別會將貼身衣物藏於外著衣物下面的人。

當過於在乎一件事或一個人，他就會成為自己的弱點。心可能因此變得柔軟，也可能變得刻薄易碎。恰巧幸子已經學會了合理化——討厭一個人的時候，自己會變得刻薄而不自知。

03

男人坐在駕駛座瀏覽著平板手機螢幕上顯示的內容，他來回地在看幾組婚紗的圖片。一個擁有黑色長髮的女人敲了敲他的車窗，臉上是好看的笑容，女人的臉上有些許雀斑。男人看到後，按了車身內側的開鎖鍵，門鎖打開後，女人坐進副駕駛座。

「緣緣，妳看這套怎麼樣？」男人露出傻氣的笑容，將剛剛在手機上停留的畫面遞到女人面前。

「先開車吧，這裡只能暫停。」女人溫柔地說。她身上滿是柔和的顏色，一如她說話的方式。男人紳士地打開車上的音樂播放器，古典音樂瀰漫在車廂內。女人將手機拿了出來，點開自己的社群頁面。昨天她答應男人的求婚那則貼文，獲得了上百個好朋友按下「喜歡」，比她往常的貼文都還要多上好幾倍。她將按下「喜歡」的好友資訊延展開來，在那些按下喜歡的好友名字裡，從昨晚到今天，她不斷地在尋找一個人的名字，但那個名字始終都沒有出現。

「我們的邀請卡要做英文的還是中文的呀？」男人興奮地問：「Kevin and Emma，還是，馮凱和蘇緣？」

「中文。」女人淡淡地說，一邊從後照鏡裡看向自己。她已經是一個蓬鬆的大布偶，從她將艾瑪這個名字捨去後，艾瑪的布偶症就更加惡化了。艾瑪沒有再去找過小古醫生，因為她認為惡化是自己選擇的，無需再尋求醫治。離開二常公寓後，她搬去與姊姊一起住，某次她去找阿景時，阿景的母親不再如以前歡迎她。阿景的母親希望阿景能夠結婚，那種所謂找了一個男人嫁了的結婚。艾瑪知道阿景已經到了人們所認為的適婚年齡，而她還有好幾年可以好好地傷心，便主動提出了分手。阿景說，再等幾年、我們再等幾年好嗎，也許幾年後台灣同婚就合法化了。艾瑪說，她可以等，可是阿景的父親和母親可能等不到了，他們是老來得女，這麼一個寶貝女兒，艾瑪知道自己無權占奪。

愛是錯綜複雜的日常積累，這些日常裡有親近或疏遠的關係，並不是每一段關係、每一個生活的細節，都能與愛相融。阿景對艾瑪的情感便是如此。艾瑪走得很決絕，她告訴阿景，有些愛情，因為沒有第三者，所以只能埋怨對方，妳就儘管放心地埋怨我吧。

幾個月後艾瑪在交友軟體上遇見和阿景同年紀的馮凱，馮凱對艾瑪一見鍾情，艾瑪從來都不喜歡馮凱，艾瑪喜歡的不是女人和男人的差別，她喜歡的是阿景，是從阿景眼睛裡看進去的那個深邃靈魂。艾瑪知道自己再也遇不見那樣的人了，阿景是唯一一個，於是便答應了亦是急著結婚的馮凱的求婚。其實真正讓艾瑪點頭的原因，是馮凱願意接受那個三萬塊的床墊。艾瑪說，她不能沒有那塊床墊，那是「她的一部分」。馮凱欣然答應。艾瑪鬆了一口氣，爾後便想著，順應著社會的規則走，順應著人們認為應該的成家立業、生老病死，對於生命的反動可能會少一點、心裡的煎熬也可能會淺一點。這輩子就跟著馮凱吧，每個階段都有它決定性的選擇，而無論如何選擇，寂寞總是比日子更長更遠，所以總要找到活下去的辦法。

阿景和艾瑪在社群網站上，在那些難以理解的演算法裡、在科技堆疊的代碼之間，仍是「好朋友」的關係。艾瑪覺得這是殘忍的，人與人之間的關係逐漸以立基於數字、程式碼的方式產生連結，儘管科技以此保護著自己最私密的部分——可以偷偷地、獨自地瀏覽任何一個人的頁面、任何一個網站。但是在現實生活中，卻再也沒有理由見這個人一面。

艾瑪知道自己的每一篇貼文，阿景都會按下「喜歡」，唯獨接受了求婚的這一篇沒有。艾瑪覺得很難受，她知道阿景若真的按下「喜歡」，也不是真的「喜歡」，但若阿景沒有表態，她的心裡又一股懸著什麼無法落地的感覺。艾瑪輕輕地嘆了一口氣，將手機收進包包裡。

「怎麼啦？」馮凱輕聲地問，一邊輕輕地將右手覆上艾瑪的左手背。馮凱是個單純傻氣的男人，一心相信結婚是生命中最美好的里程碑，雖然和艾瑪恰恰相反。但是當艾瑪想起父親和母親，相愛的人結婚變成相恨相怨。不相愛的人結婚，也許還有機會相敬如賓地相守一輩子。這樣也好吧。

「沒事，今天有點累。」艾瑪伸出手，看著左手上的戒指。馮凱看不見自己布偶一般的手指，但艾瑪看得見。她揉了揉自己的眉心。

車子行駛了一會兒，艾瑪感覺到包包裡傳來震動，馮凱貼心地將自己的手收回，他願意給艾瑪最大的私人空間。艾瑪將手機拿了出來，是一個很久沒有想起的名字。「哈囉艾瑪（愛心圖樣）好久不見！恭喜妳要結婚了！」對話框的前面顯示著「楊思之」三個字。

艾瑪輕輕地揚起嘴角。近兩年前，她搬離二一常公寓的時候，沒有親自跟楊思之道別，只是留下一張筆記本撕下來的附錄紙與一瓶保久乳。艾瑪沒有馬上點開訊息，只見手機又震動了一次，這次畫面上顯示著「楊思之傳送了一張圖片給您」。艾瑪這才將對話視窗點開。畫面上傳來的是艾瑪寫的那張紙條，已經有些發皺：

抱歉一開始對妳的態度並不好，因為還沒有真正認識妳。
後來好像也沒有機會了，但還是想跟妳說聲抱歉。
希望妳愛的人，是能讓妳更喜歡自己的人。

艾瑪

艾瑪想到當時自己總是習慣以第一眼，這個人是否有布偶症去論斷她的為人與心地是否相符。

那個小公寓的樣子已經變得很模糊，那時候艾瑪不好意思提起香水的事情，便沒有寫進去，而保久乳是那時候經濟拮据的自己唯一能給出去的珍貴東西。艾瑪臉上淡淡的笑容仍沒有散去，接著她看見對話視窗下面出現像泡泡一樣的「點點點、點點點」的圖示，那是楊思之正在輸入訊息的意思。艾瑪趕緊跳出視窗。雖然這些通訊軟體上的文字對話並不同於面對面的溝通方式，不能看見對方的表情、聽見對方的聲音甚至是聞到對方身上的味道，但能夠明確地看見對方正在輸入訊息、正在無數的字彙中選擇一個一個適合被組織起來的句子傳遞到自己面前，就像從旁參與了他在說話時思考的過程。艾瑪認為那有時候反倒過於即時與壓迫，好像自己也正熱切地等待著對方的回應。但是既然以網路為中介的傳播，就應該有著她應該保持的距離。跳出對話視窗後，手機螢幕上再次以訊息而非完整頁面的方式顯示著楊思之傳來的訊息：「這個我還留著唷，也希望妳愛的人，是能讓妳更喜歡自己的人！」

艾瑪沒有讀取這則訊息，只是將手機又收了起來。馮凱從餘光中看見艾瑪微揚的嘴角，他便露出了放心的表情。艾瑪看著自己腳上的鞋子，已經不再是那些骯髒的舊鞋、身上穿的也不再是暗色系的衣服，深紅色口紅也換成淡淡的粉紅色，將捲髮燙直染黑，一身「好女孩」的樣子，準備要嫁給一個好人家。想著楊思之傳來的訊息，艾瑪也一併想起了幸子。幸子愛的那個人，有讓幸子更喜歡自己嗎，希望幸子不是因為那個人而患上布偶症，啊，幸子的布偶症還好嗎，再怎麼樣，應該都不會比自己更糟吧。

艾瑪再次拿出手機，她讀取了楊思之的訊息，然後回覆了「謝謝妳（笑臉）（笑臉）」。接著她在社群網站最上方搜尋的欄位裡，打上「幸子」，但是沒有出現任何她覺得有可能是她要找的人，接著艾瑪打上「幸子安」，仍然沒有她覺得可能的人。艾瑪點進楊思之的頁面，從楊思之的好友名單裡搜尋，這才找到一個名為「Hsin-Z」的人。

當社群網站開始興起，無名小棧沒落，是楊思之主動找到了艾瑪並送出好友邀請。無論楊思之是不是因此有了布偶症（一定要保持好各種關係等等），艾瑪卻覺得有一種並不討厭的親切感。是她們逐漸變成了同一種人嗎，還是其實，布偶症並非一件絕對的壞事。

艾瑪瀏覽著幸子的頁面。幾乎什麼都沒有，就連一張大頭貼都沒有。很像幸子的作風。接著艾瑪按下了「送出好友邀請」。並重新打開她與楊思之的對話框，開始輸入訊息。

「幸子，」楊思之輕輕地敲著幸子的門：「妳在嗎？」

幸子坐在書桌前，正在畫著素描。她站起身前去開門，若無其事地說道：「怎麼了？」

「有件事想跟妳討論。」楊思之露出笑容。

幸子卻皺起眉頭。她發現了嗎。幸子有些不安，但仍走出了房門。

「我有個朋友要結婚了，不知道能不能請妳幫她畫結婚賀卡。」楊思之說。她想著等幸子答應後，才要告訴她這個人就是艾瑪，當作一個小驚喜。

「我很忙。」幸子冷漠地看了楊思之一眼。

「是有pay的。」楊思之仍漾著她的招牌笑容。

「所以呢？」幸子說。

楊思之有些愣住。她不知道幸子的敵意是從哪裡來的。

「我想說可以幫妳牽個線，所以才……」楊思之試著緩頰氣氛。

「我不需要妳的幫忙。」幸子插嘴道。

「妳……為什麼對這件事情這麼反感呢？」楊思之輕輕地問道。

「我不想跟妳一樣，總是在討好別人。」

「妳本來就喜歡畫畫，怎麼會是討好別人呢？」楊思之皺起眉。對於幸子的這句話，她是第二次聽到了，可是自己真的有在討好別人嗎。楊思之的眉頭鎖得更深了。仔細看著幸子看向她的目光，楊思之發現已經和以前不太一樣。楊思之心底也興起一股怒意：「妳有想要試著瞭解過我嗎，為什麼總覺得我是在討好別人呢？」楊思之看著幸子的眼神也逐漸有了敵意。

「我不想要我的作品變成商品。」幸子別過她的眼光，冷漠地說。

「妳會這樣麼想，是因為妳先預設了商業是骯髒的，」楊思之有些激動地說道：「沒有人會跟錢互斥，生活更不可能跟錢互斥。」她知道幸子喜歡畫畫，她希望幸子能夠繼續畫畫，這明明是很好的提議，但為什麼總是親近不了幸子，明明她們以前的關係還沒有那麼糟糕，楊思之心裡一股委屈的感覺同時興起，她忍不住繼續說：「妳如果要保持高尚的情操那就繼續吧，但是不要自以為堅守那些情操是出淤泥而不染。生活從來不是只有詩和遠方。」

「但是不能沒有詩和遠方。」幸子面無表情地說。

「更不能沒有錢。連最基本的生活所需都無法面對和負責的人，追求詩和遠方就只是一種逃避而已，不是調劑。」

幸子看向楊思之，她難得聽見楊思之這般鏗鏘的口吻。可是我不想要為了錢出賣自己，像妳一樣變成受別人眼光支配的大布偶。幸子在心裡低喃著。

「富人的藝術也是藝術，藝術不是窮才有意義。」冷靜了一會兒後，楊思之說。

「可是太多藝術跟錢扯上後，就變得造作了。」

「造作的是人，不是藝術啊。」楊思之有些不想再繼續這個話題，她轉身準備走向自己的房間：「要結婚的人是艾瑪，本來想當作小驚喜的才沒告訴妳。既然妳要顧慮這麼多，要畫不畫隨便妳。」說完後，楊思之就打開房門走了進去，然後小聲地碰一聲將門關上。

幸子站在原地愣了愣。艾瑪，是那個曾經住在二常公寓的艾瑪嗎，她要結婚了嗎。怎麼可能呢。幸子趕緊回到房間，打開電腦，她想到自己與艾瑪在社群網站上並不是好友關係，然後她看見自己有一個好友邀請，來自「蘇緣（Emma Su）」。蘇緣，好耳熟。幸子看著括弧裡的英文名字，才想起這是艾瑪的本名，若不是有見過小古醫生，幸子恐怕就會略過這則好友邀請了。

幸子點選了「確認」。接著她在艾瑪的頁面看到最新的一則貼文，標記著「Kevin Feng」，阿景的英文名字是叫做Kevin嗎，不對，同性戀怎麼可能可以在台灣結婚。幸子點進Kevin Feng的頁面，發現大頭貼是一個男子的照片，再多看幾張後，幸子有九成確認了，這個人不是阿景。

幸子不知道艾瑪發生了什麼事，她重新回到艾瑪的頁面，艾瑪的照片和多數人在社群網站上發布的一樣，大多都是精挑細選、好看構圖與精緻濾鏡的照片，在這些貼文中，幸子看不見那個帶有稜角的艾瑪的影子，社群網站上的艾瑪大方又優雅。

幸子想起艾瑪有輕微布偶症的手，不知道艾瑪的布偶症如何了。再糟，也不會比自己……幸子想到，自己已經有好一陣子刻意地避開鏡子。幸子伸出自己的手，些微地蓬鬆。也許艾瑪已經好了也說不定，這樣真好，幸子想。

在沒有任何防備與警告的前提下，幸子沒有發現自己無意識地完全相信了艾瑪在社群網站上所有的訊息都是真實的。當然，確實基本上都是真實的。可是這樣的真實，是重新建構後的，還是單純地反映出來的呢。

看不見盡頭的迷霧般世界裡，海市蜃樓是想像出來的，也許在沙漠裡的綠洲也是。為了建立自己浩瀚的宇宙，人們只能別無選擇、永遠地想像下去。

04

楊思之辭職了。這件事情幸子是從社群網站上看到的。

楊思之的個人頁面已經有超過十萬人次追蹤，在只看得見布偶形象的楊思之的幸子眼裡，楊思之在網路上公開的每一張照片始終都被過度修圖，尤其是她推薦化妝品的照片。楊思之接下越來越多的廠商業配貼文，辭職大概是這個原因吧，已經能夠靠業配維生了，幸子想。新的廣告型態隨著消費者的媒介使用習慣改變而跟著有所轉變，在楊思之身上幸子目睹著時代變換的痕跡，不過幸子並不以為意。

在幸子接受了艾瑪送出的「好友邀請」之後，艾瑪主動傳來了訊息，詢問幸子畫婚禮邀請卡的意願。幸子同意了。艾瑪很害怕幸子會藉此邀約她出來見面，幸子也有同樣的擔心。所幸兩人都沒有提這件事，艾瑪便傳了幾張自己與馮凱的照片給幸子當作描繪的素材，這件事便結束了。幸子沒有問阿景去了哪裡，艾瑪也彷彿從沒有和幸子提起過這個人。更慶幸的是，艾瑪的婚禮辦在海外，幸子和楊思之便有了充分的理由不克前往，免除了點頭之交或太久遠的朋友的重要日子，不知道自己到底是否應該參與的尷尬。

幸子看著艾瑪在社群網站上分享著她畫的邀請卡，艾瑪禮貌地沒有標記幸子的名字，只是以「神祕的好朋友」作稱。楊思之當然也看到了，雖然那天她和幸子不歡而散，但她很高興幸子有了新的嘗試。

於是楊思之也有了新的想法。

這天是個平凡的週二傍晚，楊思之坐在小客廳等幸子回家。雖然楊思之離職了，但幸子的刻意迴避，仍讓她常常碰不到幸子。約莫晚上六點，小公寓的大門被打開了，楊思之放下手裡的手機，等待幸子進門。

「幸子，」楊思之喊了一聲，幸子回過頭看向她。楊思之看著幸子說道：「妳要不要把妳的作品放到網路上呀。我在想，如果妳害羞的話可以創立一個粉絲專頁，我幫妳分享。」

「不用，謝謝。」幸子別過頭：「我不像妳是網路紅人。」她反射性地想要反駁楊思之，就像在對抗社群網站上楊思之的帳號後面那十萬多個「喜歡」。

「不是紅不紅的問題呀，」楊思之站起身繼續勸說著：「放上去了就有機會被看見，搞不好下次妳就可以辦更大的畫展了耶。」

「為什麼一定要被看見？」幸子問。

「我覺得就是一個機會。」楊思之想到上次幸子才提到她不想要自己的作品變成商品，便小心地說道：「妳不一定要往商業的方向去想啊，為什麼一定要認為被看見是主要目的呢？它也可以只是一種附加的事情呀，就像吃一客好吃的牛排，除了填飽肚子以外，也能享受它鮮嫩的肉質。每一種科技的載體都有它自己的特性，就像人有個性一樣，這些特性我倒覺得還是偏向中立的，所以不需要過度連結和放大那些自己以為的事情。」幸子沒有任何表情，楊思之繼續說：「所以，妳也可以單純當作這是一種紀錄，一種交流，一種肯定呀。也許這會讓自己更加堅定原有的信念也說不定，為什麼要以既定的想像去拒絕呢。」

幸子看向楊思之，為什麼要來說服我呢，她皺起眉頭：「那是因為妳是網路上的既得利益者，妳才會講這種話。」幸子說。

「我不是因為得到利益了才說這些話，我是因為先這樣認為才有機會擁有現在這些妳認為的利益。」幸子越發地認為楊思之是刻意地將姿態擺高。「我覺得妳也值得擁有，但這不全然只是利益。」楊思之說：「我覺得妳值得被更多人肯定。」

妳憑什麼這樣認為。妳又真的瞭解我嗎。

幸子心裡竄升起一股非常不舒服的感受。楊思之看起來自以為是的嘴臉讓幸子更加感到不悅。但是另一方面，幸子心底又迫切地想要靠近這些話——如果這些話不是由楊思之所說，也許會悅耳許多吧。楊思之說的話在心口上不斷地盤旋，幸子不知道該不該收進去。若收進去了，會有任何改變嗎。

這就像小時候一種常見狀況：總是考九十分的人無法自然而然地向總是考七十分的人說，其實你表現得很不錯了，或是告訴他我相信你有一天也可以考九十分。考七十分的人無法相信考九十分的人的話，並不是因為考九十分的人是壞人，而是因為他不是自己。他就算再怎麼想盡辦法站在七十分的立場都沒有用，因為他拿的就是九十分的考卷。換位思考後得到的結果與對方實際心理的落差，有時候並不會被理解或被安慰拉近。這是人際間永遠的考古題，且無論是七十分或是九十分的人都難以作答。因為我們雖然知道，不能以外顯的那些並不一定中立的標準評價自己，卻同時也知道，無論如何，誰都逃不開被評價。評價每一秒每一秒都在發生，對他人的、對自己的。

幸子不想繼續這個話題，她提起腳步準備往自己的房間走去。

「當然會有很多人是以利益為目的去做這些事，我不否認，但是，我們分辨不了別人是哪一種人，至少要知道怎麼分辨自己吧。」楊思之見幸子準備要離開了，便補上了一句，仍想要說服她。但是妳怎麼敢確定妳能夠分辨得了自己呢，幸子很想這麼問，這些不都是後話嗎。

正是因為不知道如何分辨，才必須要對自己既有的想法有所堅持，幸子這麼想著。就比如，她的畫作絕不能與網路上的那些膚淺作品同流合污。這樣的念頭保護了害怕自己不會收到肯定與讚美的預設，於是變得更加堅定。就和幸子從小都不願參加繪畫比賽一樣。

楊思之像是看穿了幸子那樣地拉長嗓子說道：「妳不能因為不知道舊有的

生活價值觀要如何適應新的科技、新的趨勢，就預先排斥。至少妳要先瞭解，瞭解的人才有討厭的權力。我說的是真正放下心中偏見的那種瞭解，不是帶著踢館心態的瞭解。」不過幸子沒有回頭，這句話說完時，幸子已經將房門關上。

幸子想不透，為什麼楊思之最近總要和她討論這個話題。她覺得自己找到了獲得利益，或是說獲得成功的方法，就有權力來到別人面前大肆宣揚嗎。幸子的心被擠壓得越來越扭曲。幸子坐在床上，重複瀏覽著手機螢幕上顯示的畫面，是楊思之的社群頁面，那些漂亮的照片，都是真的嗎，為什麼她能這麼理所當然地自欺欺人呢。相比以前幸子想要去楊思之的照片或貼文下面留言，故作冷靜地執行自以為偉大的拆穿，此刻的幸子更想要磊落地站在楊思之面前，隨便什麼都好，選擇一個楊思之比自己還要差勁的項目，進行大聲批判。什麼事情都好。接著持續翻滾的未被掩息的怒意讓幸子再次打開房門。

「做人家的小三，」幸子提高了音量，刻意地讓坐在客廳的楊思之聽見：「妳不覺得噁心嗎？」幸子想要說出傷害楊思之的話。她想要用力地發洩對楊思之的討厭。

楊思之皺起眉，愣著臉看向幸子：「妳說什麼？」

「妳有沒有想過，如果妳的感情裡出現第三者，」幸子繼續說：「或是，如果妳媽是別人的小三，妳能接受嗎？」

「誰跟妳說的？」楊思之站起身。

「妳的粉絲知道嗎？」幸子冷冷地說：「在網路上總是漂漂亮亮的，背地裡卻是有婦之夫的第三者。」

「是誰跟妳說的？」楊思之走向幸子，瞪著大大的眼睛。

「妳就是對方的出氣筒而已吧。」幸子繼續說道：「不噁心嗎？」在說這些話的時候，幸子的手在發抖，她握起拳頭，希望能將發抖的雙手藏起來。

「我真的不知道妳到底怎麼了。」楊思之盡可能地壓抑著怒氣。

「我才不知道妳為什麼要一直同情我。」幸子大聲地吼道：「拜託妳收起那高高在上的嘴臉，我一點也不需要妳的幫忙！」

楊思之看著幸子，她從沒有聽過幸子這麼激動地說話。

「好。」楊思之說：「我不會再問妳這件事了。」楊思之別過臉：「妳說得對，我媽就是小三，我是私生女。」幸子不知所措地低下頭，楊思之口吻毫無起伏地繼續說：「但是，別人可以一次愛很多人，我一次只愛一個人。」

楊思之說完後，換幸子睜著眼睛沉默了。幸子忽然才驚覺自己剛剛踩的那一腳，可能就是楊思之心裡最痛苦的地方。幸子看著楊思之，楊思之則沒有再看向幸子，只是逕自走回房間，她沒有特別將房門關上，看起來在收拾東西，接著又走了出來。經過幸子的時候她停下腳步：「我就是一個空有外表的人。」楊思之的眼角泛起淚水：「不像妳，至少妳知道自己身上有什麼，這些東西組合成了這麼剛好的妳。」楊思之邊說邊提起步走向小公寓的大門。楊思之沒有甩門，也沒有任何粗暴的動作和話語，只是靜靜地打開大門，快步地走出去。

吵架的時候，說出來會感覺到越過癮的話，越是不能說出口。幸子鬆開握拳的雙手，她低著頭，不敢看向任何地方。楊思之何嘗不是她出氣的對象，她明明知道楊思之的心地，但是就因為她不會還手，幸子便任由嫉妒衍生的暴力，一拳一拳地打在楊思之身上。傷口在看不見的地方，卻更深沉，更難以被風乾和結痂。受傷了就先把自己藏起來，藏去哪裡，並不重要。

幸子蹲下身子，安靜地哭了起來。

「有沒有思×寶×是小三的卦？」

幸子在書桌前，盯著某個社群論壇的文章的標題。她遲遲不敢點進去。這篇文章是以匿名形式發布的，這篇文章顯示在熱門文章的第一頁、第一篇。

先說喔，我個人是沒有特別討厭網美啦，

她們要過怎麼樣的生活是她們的事，

總是要炫耀自己的身材、自己（過度修圖）的臉蛋，

自己過得多好、又有多少業配，這些我真的覺得就都算了啦，

畢竟她們有本錢，我們這種普妹站旁邊就好。

但這件事我覺得必須要說出來。

最近學校有個很紅的網美，很多人都稱她思×寶×（全名我就不打了），
聽說從小就是美人胚子，從小紅到大，
學長學弟表哥表弟一見到她都為她瘋狂，
之前還有過介入人家害別人分手的傳聞（事實是怎樣我是不清楚），
而且私生活很亂，聽說只要送禮就給上，一直都游走在很多男人之間。
仔細看看她穿的用的也不是便宜貨，八成大概都是靠男人換來的。
（自己在社群網站上搜尋關鍵字即可看見不少貼文）
後來她好像改邪歸正（？）
不再四處勾引男人，結果好像是跟學校街口那家飲料店老闆在一起，
馬的原來是釣到大魚啊，那老闆看起來普普通通，但聽說家裡超有錢。
難怪可以為了這個捨棄與無數小鮮肉的肉體遊戲（攤手）。

唉，但這些其實也不關我的事，
今天不得不說的原因是，我有個好閨蜜最近在跟男友鬧分手，
原因是男友找到了他生命中的真愛，

（那前面跟我閨蜜在一起的三年多是WTF？夢遊？）
結果閨蜜一給我看照片，竟然是我們的×思×貝，
（oops我應該有碼對關鍵字吧）
現在是玩膩了老男人要回鍋鮮肉嗎？
噁不噁心啊。
我也沒有別的想法，就是為我閨蜜抱不平，
覺得這件事情必須要讓更多人知道，什麼網路公審不公審的我不懂，
反正我們是小人物也沒啥影響力，
倒是那位寶貝，要繼續當誰的寶貝我不在乎，
但傷害到我朋友我就是要站出來說幾句公道話！
拜託妳不要再到處拈花惹草，浪費了妳媽給妳的好臉蛋好身材，
喔不對，妳媽知道妳這樣嗎？難不成這是妳媽教妳的？

最後拜託一下各位男性，還想玩就坦承還想玩，
不要說什麼真愛不真愛，真愛兩個字用在這種女人身上根本配不上！

希望閨蜜的男友看到這篇文，然後斷然決定回頭找我閨蜜，我和我閨蜜已經想好，在你回頭之時，要如何好好迎接你喔^^

幸子抑制著自己激動的情緒，繼續往下看。下面已經有幾千則回覆。

「幹，婊子就是去死啦！」

「她從高中就是公車妹啊，我以為大家都知道。」

「樓上請問什麼是公車妹？」

「我是覺得罵到人家的媽媽不太好……」

「樓樓上在開玩笑？」

「之前就有聽說她跟飲料店老闆在一起，沒想到是真的。」

「亡美的照片看看就好吧。」

「原PO閨蜜的男友該不會叫林×騰？前陣子有聽說她跟這男的走很近，聽說是這男的追她，我以為她改邪歸正，沒想到……」

「狗改不了吃屎啦」

「我倒覺得這種事情不需要拿出來說嘴，尤其這還不是自己的事是閨蜜的事，而且原PO也有提到有些事實妳不清楚，如果事實不是這樣呢？對方不就平白無故被黑？現在媒體這麼亂，查證這種事記者不會連大學生也不會？」

「樓上那麼生氣，是思粉嗎？（沒事我就好奇絕無挑釁）」

「我對網美沒什麼意見，但我也同意這種事情不需要大肆宣揚，如果不是事實，對當事人很傷……」

「接業配接得好爽」

「看到網紅網美什麼的就不爽，到底在自以為什麼」

「我覺得這不是網不網美的問題，而是做別人的小三本身就是不對的……」

幸子焦躁地站起身，這應當是她最希望發生的事。上週二，她才正和楊思之吵架吵到這個。當時她的念頭就是想要傷害楊思之。可是現在幸子盯著電腦，她看見楊思之被許多小小的惡意傷害著，取代不甘心的是不斷高升的羞愧感。一個小小的惡意也許沒什麼，但群聚的小小的惡意，就會將人碾碎——幸子彷彿看見無數個自己，但她沒有感覺到親近。幸子彷彿看見坐在懸崖邊的楊思之，而自己只是冷漠地告訴她：妳早就該跳下懸崖，沒有人會心疼妳，接著來了一群體面的自稱是使者的人，以一句一句話，將她推了下去。他們的意思是：你他媽的快往下跳啊，沒有人會心疼妳。這兩句話並無二異。

幸子想起她與傅里分手的那一天，當傅里下樓後他的小公寓亮著燈，她第一個念頭是，那裡面有人。傅里看起來不想馬上上樓，那裡面肯定有人。是比我漂亮、比我瘦的女生嗎。回到小公寓的門前時，樓上的燈暗了。是那個女生關的嗎。無數「傅里劈腿了」、「傅里怎麼能愛上別人」的念頭將那一刻的幸子一寸寸撕裂。於是才能趁著劇烈的疼痛問出，你覺得我胖嗎。於是才能狠下心說出，我們分手吧。幸子知道被劈腿的疼痛感。幸子知道楊思之是錯的。幸子知道她應該要完完全全地討厭楊思之，而這是多麼好的印證與機會。

忽然二常公寓的大門被打開了，是楊思之。幸子像偷做壞事的孩子迅速地將電腦闔上，儘管楊思之也看不見。幸子站起身，她將門打開，想走出去看一看楊思之。楊思之像是沒有看見幸子似的，沉著腳步走回自己的房間，楊思之沒有直接打開房門，她放在門把上的手安安靜靜地。

「是妳嗎？」楊思之問。幸子沒有說話，她看著楊思之布偶般的背影。

「不是。」然後幸子才小聲地說。

「最好不要是妳。」楊思之說，語畢後逕自將門打開，走了進去，接著把房門關上。

幸子站在原地。她不知道自己該做些什麼，是安撫楊思之也好，舒緩自己的罪惡感也好。幸子也走進房門。才剛走進房間，幸子便收到楊思之傳來的訊息：「我和陳老闆已經分手了。林冠騰想和我一夜情，但我不想，我連他本人都沒見過。幸子點開對話框，她看到那個像泡泡一樣的「點點點、點點點」的圖示，楊思之正在輸入訊息。

「因為妳曾說過，其實我沒有這麼討人厭，所以才想跟妳解釋。」

（點點點、點點點）

「我不想連妳也覺得我很差勁，跟妳吵完架後，我就跟陳老闆提了分手，我們已經沒有在一起了。」

（點點點、點點點）

「現在好像沒差了，妳討厭我，我也討厭我自己。」

幸子把所有的訊息都讀取了，仍不知道自己應該回覆些什麼。她將手機螢幕朝下地覆蓋在桌面上。手機沒有再震動了。幸子心裡同時有一股委屈，妳不是應該知道我的為人的嗎，不是我發文的啊。可是，她想起前幾天吵架時自己心裡對楊思之的不滿：妳憑什麼這樣認為，妳又真的瞭解我嗎。她又真的瞭解楊思之嗎。在她蓄意傷害楊思之的時候，她真的不知道楊思之是個怎麼樣的人。

幸子想起楊思之說的：「別人可以一次愛很多人，我一次只愛一個人。」

她將手機拿了起來，在螢幕上敲打著幾個字，然後將手機再次放回桌子上。她聽見楊思之在哭的聲音，時而嗚咽，時而有些許壓抑的嘶吼，楊思之的眼角不斷地流出眼淚。那是楊思之最後一次哭泣。那天之後，幸子再也沒有自社群網站上看到楊思之，她漂亮的樣子全都不見了。楊思之將她在網路上所有的帳號都刪除。幸子能看見的，只剩下布偶般的楊思之。

「真的不是我。」

幸子盯著自己傳出去的訊息，她連「對不起」都羞愧地說不出口。

05

沈主編和袁社長也吵了好幾天。沈主編認為袁社長應該要有新的嘗試，小人物的故事不是大家想看的，人們的生活太多苦澀的時刻，故事應該擔任英雄的角色，作為一種調劑，甚至一種良善導向的領頭羊，沒有救活一百個人也要鼓勵到十個人，而不是只寫這些角色不知道自己的人生意義在哪裡、拖欠了多少水費電費、妻子想生孩子但丈夫總是避孕。沈主編的心裡有個英雄夢，念在他們是大學同學的份上，從前因為兩人同有辦報的理想而一起創業，沈主編才遲遲沒有提離職。

「最近很多新創團隊是熱議話題，我們應該要報導這個。」沈主編說。

「可是這週的主題是子安妹妹安排好的〈熬夜的人〉的嘛。」袁社長的聲音有些唯諾。袁社長心裡還是很喜歡幸子的企劃。

「熬夜的人底為什麼要報導？」沈主編毫不避諱地翻了一個白眼，然後吸了一口氣：「我們要報導當紅的事情，才會有人看，有人看才會有更多廣告商，我們才不會虧錢！」

「你這樣跟那些亂七八糟的媒體有什麼不一樣？」袁社長反問。

「完全不一樣！」沈主編激動地說：「人們關注的事情本來就是一陣子一陣子的，選舉的時候關心選戰、有地震或疫情的時候關心民生，重點是我們怎麼去寫這些報導！」袁社長怔怔地看著沈主編，沈主編繼續說：「比如新創團隊好了，有些媒體從新創團隊的背景、外表去報導，著重在什麼正妹創業家啦、高學歷型男啦。有些就從就業面去報導，關注為什麼大學生畢業會想要創業而不是當個上班族。有些則會從投資面去報導，關注有多少公司願意當這些大學生的天使投資人、鼓勵創業。定位你懂嗎？袁木生，我在說的是定位，你到底懂不懂？」沈主編嘆了一口氣：「如果創造不了潮流，就只能順應潮流。大學的時候我們也學過，媒體不只有權力決定讓大家『知道』一件事的發生，甚至能夠影響人們『如何看待』那件事情的發生。我們不應該做這件事嗎？」

袁社長看著沈主編，忽然覺得眼前的沈主編既熟悉又陌生，熟悉的是他彷彿看見沈主編大學時血氣方剛的樣子，陌生的則是，這些年的自己似乎逐漸地遠離了他們兩人一同懷有辦報夢的熱忱。原來時光並沒有留下什麼，而是帶走了好多從前以為應該要活得比自己更久更遠的東西。

袁社長也嘆了一口氣：「我們的定位就是平凡的小人物嘛。」

「這不是定位。這是過度安逸。」沈主編再次嘆了一口氣：「木生，我老婆懷孕了。我不能跟你再這樣玩了。」袁社長聽完後先是愣了一會兒，接著將視線從沈主編的身上移開。

「夢想終究會被現實吞噬，就是這個意思吧。」袁社長自顧自地說。

「不是這樣的，」沈主編看向袁社長：「是追逐夢想的時候也要考量現實，才不會失去夢想。小時候我們能思考的很有限，所以當然比較單純，可是人要長大，長大是為了要保護小時候單純的念頭，而不是為了長大而將它丟棄。」

袁社長低著頭，像洩了氣的皮球，整個人沉甸甸地。

「木生，我們不能停在大學剛畢業的時候，時間已經往前走了，要學會考量更多的事，才不會浪費我們曾經活過的日子。」沈主編試圖要安慰袁社長。

「好吧，」袁社長抬起頭看向沈主編：「那這期就叫做〈創業的人〉吧。」袁社長說完。沈主編哭笑不得：「嗯，那我來找值得採訪的新創團隊。」

沈主編站起身，拍了拍袁社長的肩膀。他希望報社能有所改變，也是希望能夠繼續做這個工作，如果報社總是虧錢甚至倒閉，他恐怕就要為了生計去找別的工作了。沈主編只想再努力一下，努力地懷著最純粹而謹慎的心思，將生活的算計運用在最大的快樂和滿足上面，而這個前提，是必須正視所有必然存在的現實問題。

沈主編在和袁社長小吵了那一架後，好幾天都沒有說話。本來今天是沈主編說好要帶幸子去採訪，但袁社長說沈主編傳了簡訊，說妻子身體有些狀況要臨時請假，於是換成袁社長和幸子一起前往。

幸子坐在計程車裡，手裏拿著「李德恩」的名片，她看了好一會兒才想起來，這是傅里大學死黨的名字。她在心裡默默祈禱，希望只是同名同姓。袁社長坐在一旁，手上拎著燕窩禮盒。應該是等等要給受訪者的，幸子想，但怎麼會是送燕窩呢。

李德恩是新創線上設計整合平台的共同創辦人，辦公室在市政府附近的共同工作空間，是好幾家新創公司一起合租的，辦公室的裝潢既新穎又簡約，採光也很明亮，和袁社長在小巷子裡的報社截然不同。袁社長心裡興起一股小小的羨慕和羞赧。

李德恩是個開朗的人，喜歡天南地北地聊，說話也直接。袁社長看著李德恩的眼睛有時候會閃過心虛的神情，又或是類似於對自己的惋惜。怎麼人家年紀輕輕就在這麼貴的地段有了辦公室、經營起網路平台，而我還在那個小巷子裡辦報。袁社長頻繁地想起沈主編，他在李德恩身上看見沈主編年輕時的影子。時代是從什麼時候開始不一樣了呢。

李德恩和袁社長聊到，當時是因為另外一個共同創辦人很喜歡各種富有概念的原創性商品，於是他們決定要集結很多小品牌，創建一個網路平台，讓各種原創的設計商品可以在上面販賣，同時也協助一些實體店面的網路進駐。

「網路是未來必然的趨勢了，越來越多的消費者是依賴於網路而活。而我們覺得每一個平凡而渺小的人，都應該有機會因為透過普及的網路接觸到設計，進而讓生命有更豐富的體驗。」李德恩說。

「那你們是怎麼看待文創的呢？比如前些日子有人批評，把馬克思的頭像印在手工肥皂上面，就說自己是文創，那顆肥皂就可以賣個兩三百塊。」袁社長問道：「或是這麼說好了，你如何看待設計產品的定價機制？」

「當然商業的考量是一項，畢竟公司必須要繼續運作嘛。」李德恩說：「但是要如何讓設計融入生活，不讓藝術侷限於有錢人的金錢遊戲，同時又要尊重創作者，還是我們正在摸索平衡的。」說法帶著稚嫩又中立的模糊。幸子聽了有些不以為然。「但是必須要說，我們認為所有的設計啊、藝術啊都有價，不可以用藝術無價而刻意忽略創作者，藝術是創作者與世界對話的方式，每個人都有他與世界產生連結的方式，都應該要被尊重。」李德恩補充：「但確實，有沒有商業性在市場上是需要被考量的，但我們就是希望盡可能、盡可能讓沒有機會被看見的創作者能被看見。」

幸子聽著李德恩的這席話，想起前些天和楊思之的爭執，為什麼他們總認為人一定要被看見呢？幸子沒有發現自己深沉的自卑正在作祟。渴望被肯定，卻又抗拒被看見，因為害怕被看見時，迎來的不是讚美而是批評。

聽著李德恩淘淘不絕地分享著他們鼓勵創作者去累積人氣，幸子想起傅里，不知道傅里還像以前一樣認為「喜歡什麼要用心去評斷」嗎。幸子在心裡輕笑著，當時我們都太天真了。吃飽這件事指的，不是肚子裝著食物的飽足感，而是每天都會肚子餓。生活是常態性的消耗，快樂是暫時的，悲傷也是暫時的。大人的世界裡，大多時候是用一個人的背景、一個人手上握有的資本去判斷他應不應該、值不值得繼續做某一件事，因為人們害怕失敗。不如一開始就不要開始。幸子不耐地打著採訪記錄。

大約過了一個多小時後，採訪進入尾聲。

「那今天就差不多了，」袁社長站起身，和李德恩誠摯地握了握手：「非常謝謝你，我們的主編很喜歡你，我們要向你們看齊。」

「不敢不敢。」李德恩笑著說：「你們才是前輩。」袁社長拍了拍李德恩的手背。小桌子上的手機震動了，是沈主編打來的。

「啊不好意思，我接個電話。」袁社長說完後，就與李德恩示意要出去會議室一趟。剩下幸子和李德恩在會議室裡面，幸子收拾著筆記型電腦，想儘快離開這個空間。

「不好意思，請問妳是……幸子安嗎？」李德恩看著幸子好一會兒，忍不住問道。幸子低著頭繼續若無其事地收拾，心裡卻怔了怔。他怎麼會認出來。

「雖然這麼說可能有點尷尬，我是傅里的好朋友。」李德恩露出好看的笑容，希望能因此讓幸子放鬆一些。

「我知道。」幸子抬起頭，沒有任何表情。

「原來妳知道！」李德恩燦爛地笑了笑：「世界太小了。」

幸子沒有說話。

「那時候我們在想到底要創什麼業，傅里就跟我聊起妳，他說想要讓很多像妳一樣喜歡創作的人，有機會被看見。」李德恩開朗地繼續說著：「記得他搬來台北沒多久後，有一次妳來找他，哇，那天他嚇死了，因為我們正在用妳的作品當作網頁的測試，他緊張地下樓去，還傳了訊息給我要我趕快收拾離開，因為這是要給妳的驚喜。我那時候想，見色忘友啊這小子，這還是我們的創業項目欸。」是那天嗎，幸子想著，傅里的燈開著，回來後卻關了。原來不是劈腿嗎。

原來不是遇到了比我漂亮的女生嗎。

「他給我看過妳的照片，我才認出妳的。」由於李德恩不太瞭解幸子的個性，便毫無察覺異狀地繼續說道：「他那時候說，他也想過要不要找個大眼睛大胸部的美女，但想來想去，還是喜歡妳。」

幸子仍沒有說話。人心裡面最污穢與最純潔的地方，往往只會在最愛的人的面前展露無遺吧。幸子垂下眼眸，情侶之間的那些事，李德恩並不知道。人們向他人描述的自己，往往有一部分是虛構的，因為人們總是太聰明地知道，無論如何，他人的眼光都會來襲，何不預先保護自己多一點。幸子咬著牙根，不想繼續聽下去。

「但就是那天吧，你們好像就鬧翻了。我才剛離開他家沒多久，他又打電話把我叫回去。」李德恩吶吶地說：「不好意思呀，我覺得見到妳實在是太巧了，忍不住就說了這些。」

「不會。」幸子依舊是冷漠的表情：「我先出去了。我老闆可能在等我了。」幸子站起身，她正準備走出會議室時，會議室的門先被打開了。是一個短頭髮、身材纖細的女生。身材纖細，幸子微微蹙起眉。這個人怎麼沒有一丁點布偶的樣子，就連李德恩的雙手都很明顯看得出來已經有些變形。幸子抬起頭看向對方的頭頂，上面有幾朵漂亮的梔子花，她愣住了。

「舒雅，」李德恩親切地說：「妳怎麼跑來啦？」幸子繞過眼前的女子，快步走出會議室。會議室的門被關上後，幸子站在門外沒有動靜。她想知道舒雅是誰。

「傅里說今天你有採訪，我想說就過來看看。」名為舒雅的女生說道。

「妳不要亂跑，上次妳受傷，傅里把我們罵了一輪。」李德恩的聲音很小，但幸子聽得很清楚。幸子聽見李德恩繼續說：「不知道他怎麼就喜歡妳這種長不大的女生。」

「什麼長不大，我是長大了，但保有童心好嗎！」舒雅的笑聲很爽朗，幸子卻覺得刺耳。是傅里現在的女朋友嗎。幸子握著包包的手抓得越來越緊，她跨出腳步，想盡快離開這裡。會議室的冷氣怎麼這麼冷。

「他曾經很遺憾，」忽然她聽見會議室門打開的聲音，李德恩的聲音再次響起，幸子沒有回過頭，只聽見李德恩說：「所以身為他的朋友，就忍不住多嘴了。很抱歉。」李德恩在見到舒雅後，才發現自己的話也許會給幸子帶來困擾，而幸子也不像傅里曾描述過的那樣親切，甚至冷漠許多。幸子的心臟劇烈跳動著：「跟他說不用感到遺憾，我沒有後悔過。」幸子說完後就直接離開會議室外的小走廊，始終沒有回過頭。愛裡面藏著的矛盾，才真正把人刺穿，把人刺得千瘡百孔。那年刺穿了在愛與慾望之間的傅里，如今刺穿在愛與自卑之間的幸子。

幸子在電梯外碰見袁社長，袁社長剛掛上電話：「走吧。」

到一樓後，幸子招了一輛計程車，準備和袁社長一起回報社。

「妳先回去吧。」袁社長說：「我去送個東西給沈主編。」一邊提起手上的那盒燕窩。幸子點了點頭，一個人搭上計程車。原來是要給沈主編的呀。儘管袁社長和沈主編的想法漸漸出現分歧，他們還是在乎著對方，幸子看著袁社長，有些羨慕這樣的光景。等計程車開走以後，剛剛李德恩說的話，仍使得幸子的一顆心揪在那裡，直到抵達報社，她才稍微感到放鬆。

幸子其實後悔過無數次，仍選擇逞強，不過還是放不下，可能是不甘於被傷害的自尊，也可能是不甘於原諒的心情。為什麼必須要釋懷呢。幸子安靜地流下眼淚。她想不通。她永遠也沒有機會知道，當時傅里以為，在身與心之間，他會選擇身，幸子走後他才發現自己要的是心，所以傅里感到遺憾，創業的主要項目即是對於這個遺憾的一種償還。

而在這些日子裡，傅里也有了巨大的變化，遺憾摻雜著矛盾不斷地侵蝕傅里對幸子的最後一點點想念，當想念消耗殆盡之時，傅里決定，若要避開矛盾帶來的痛苦，便只能允許自己愛上漂亮的女生。傅里在眾多漂亮的女生中尋找幸子的身影。其實他喜歡的還是幸子，他喜歡幸子單純地喜歡一件事情，於是單純地困惑、單純地不向任何人作出證明以尋求肯定。他心底就是喜歡接觸這樣的人，所以他總是會愛上頭上還有花的女孩。

那幾朵梔子花好漂亮，幸子想起那個叫做舒雅的女生的樣子，深深吸了一口氣。我的頭上還有玫瑰嗎。幸子已經好久沒有照鏡子了（甚至是刻意避開）。她跟傅里感覺很般配，幸子想要想起傅里的臉，卻已經有些模糊。越趨浮現的是那一股「我配不上你」的感覺，幸子心裡竄起一股小小的慶幸，還好我們分手了，你才能遇到這樣的女生。那一天確實出現了，當傅里真的創了業、若傅里需要前往正式的場合、需要一個漂亮的女伴，還好不是我，還好傅里不再會有這種困擾與矛盾。

幸子趴在自己的工作桌前，她忽然瞭解到小時候人們口中的其中一種社會現實。無論是金錢上的還是外表上的，現實的是當規則被建立以後，便難以被打破，人們為了讓社會繼續運作下去，既得利益者為了保護在這個規則裡獲得的利益，規則逐漸變得越來越難被更動與推翻。人們要嘛順應規則，要嘛離開，但是，是你決定要離開的噢，沒有人逼迫你，所以不會有任何的同情與關心。你到哪裡去都無所謂，但千萬小心，不要隨意地就回到人群裡，人群總是能輕易地把靈魂揉碎。

幸子眼眶泛紅。怎麼會呢，愛來的時候明明讓人感到富有，人走了以後，留下的愛卻變得如此荒蕪。怎麼會呢，明明走了這麼久，卻還是回到了原點。

06

「好久不見。」小古醫生看著幸子，不改她一貫的笑容：「最近好嗎？」

這是幸子第二次來找小古醫生，距離上次是五、六年前了。

那天之後，幸子猶豫了很久，可是心裡淤塞的感覺實在化不開。幸子不斷地想起第一次見到艾瑪的那一天，艾瑪看見她頭上的藍玫瑰時露出的驚訝表情，和她現在是一樣的心情嗎。幸子的腦海抹不去舒雅頭上漂亮的梔子花。自己也曾經是這樣的人嗎。

那天晚上幸子偷偷跑進艾瑪住過的房間，走進艾瑪那小小的浴室，家裡的鏡子都被她破壞了，客廳旁邊浴室裡的鏡子也早已髒污不堪，幸子總是刻意避開，她想起艾瑪住過的小房間裡還有一間浴室。

幸子站在那面小小的鏡子前，儘管鏡面有一層灰塵，她仍看得出來現在的自己又更為陌生了。她的臉有些浮腫，手指、腳趾與四肢也都變得比之前浮腫，她分不清楚自己是胖了，還是已經變成一隻布偶。幸子走回房間找到美工刀，再回到這間小浴室。幸子坐在馬桶上，伸出自己蓬鬆的手指，帶著不祥的預感。幸子以美工刀割劃著自己的手指，沒有出現任何血滴，她瞪大眼睛，頭皮發麻，順著被割開的地方幸子繼續往下劃，她看見裡面是一團白色的棉絮。她發抖的手已經握不緊美工刀，美工刀哐啷一聲掉在地上。

幸子站起身，面對著鏡子，以那雙被割破的手拭去鏡面上的灰塵，她清楚地看到，自己的頭上沒有任何的玫瑰，連剩餘的枝枒也沒有。我也變成布偶了嗎，為什麼，我也變成布偶了。幸子張開嘴想要吶喊，可是她喊不出聲。她的臉變得扭曲，她不知道自己可以做些什麼。幸子迫切地想知道。我還能不能再長出藍玫瑰。

幸子走出那間小浴室，才發現空蕩的房間裡有一雙鵝黃色包鞋，是艾瑪留下來的，和艾瑪的風格完全搭不上。幸子盯著那雙包鞋，艾瑪是買了這雙鞋，然後又捨棄了嗎。幸子坐在木製床板上，艾瑪將她三萬塊的床墊搬走了。我是不是也應該要捨棄些什麼。幸子的腦海中浮現小古醫生的臉。

最初本身就是脆弱的，需要不斷地複誦，否則會被其他的話語淹沒。

幸子發現此刻她怎麼也想不起來以前的自己是個怎麼樣的人。

在候診時，幸子已經想好了第一個要問小古醫生的問題。一位目測大約三十多歲的女人走出小古醫生的診療室，她看了幸子一眼，不像第一次來的時候遇見的男人，那女人沒有任何驚訝的表情。幸子有些沮喪，她終於也像是一隻普通的布偶了。

「子安請進。」櫃檯溫柔的女聲喊道，仍是同一個女人。幸子走了進去。像上一次一樣，她看見小古醫生在掃地，不過這次她沒有看見小古醫生的背面，小古醫生側著身子，但也仍可以看見她背部的領口有一個像拉鍊的東西，幸子還沒有看清楚那是不是與脖子相連的，小古醫生就已經轉過身。小古醫生停下掃地的動作，看起來有些吃驚，臉上仍掛著溫和的笑容。而歲月彷彿沒有在小古醫生臉上留下任何痕跡。

「坐吧。」小古醫生說。幸子走向小沙發。小古醫生將掃帚放於一旁，幸子看見畚斗裡都是棉絮。是上一個人的吧，幸子想。小古醫生也坐了下來，她向幸子打了招呼，並示意幸子隨時可以開始談話。

「布偶症會好嗎？」幸子一開口就問道。

「它不是病呀。」小古醫生說：「記得上次有告訴過妳，這是失衡的過程。所以沒有好不好的問題。」

幸子盯著小古醫生，抿了抿唇。

「要不要聊聊這些日子。」小古醫生邊說邊將腰倚上沙發：「或是，聊聊妳為什麼會決定要再來找我？」

幸子深呼吸了一口氣：「我不知道該從哪裡說起。」她感覺到自己的鼻頭開始發酸，眼角泛起淚光。

「都好，妳還能哭，就什麼都好。」小古醫生說。

「他有女朋友了，我看見他女友頭上有梔子花。」幸子低下頭慢慢地說道：「那個女生很瘦，跟楊思之一樣，但是我討厭楊思之，因為楊思之是布偶。我好羨慕那個女生，為什麼她有梔子花。」

小古醫生示意幸子繼續說下去。

「他朋友說，那時候他還是喜歡我的，只是他很矛盾。我知道他很矛盾，可是在他的矛盾裡，我感覺不到他對我的喜歡，我只覺得很痛，所以我只能離開，不然會一直都很痛，會痛到不能呼吸。」

「他說了什麼嗎？」小古醫生溫柔地問。

幸子搖了搖頭，示意自己說不出口，接著聲音逐漸變得哽咽：「可是我覺得他說對了，沒有人會喜歡這樣的我。我以前明明不在乎的，有沒有人喜歡什麼樣子的我，我根本就不在乎，可是……可是他說對了。」

「妳把他對妳的評價，當成妳對自己的評價了。」小古醫生輕輕嘆了一口氣。幸子抬起頭看向小古醫生。「為什麼妳會這麼相信他的評價呢？」小古醫生問。幸子沒有說話。「他讚美過妳嗎？」小古醫生又問。幸子點點頭。「那妳的感覺是什麼呢？」

「我很高興。」幸子說。她想起第一次遇見傅里時，她膽怯地跑出教室，就怕會因為不被肯定而尷尬，沒想到傅里追上來問她，學妹，妳有沒有興趣幫我們設計海報，我好喜歡妳的風格呀。傅里的笑容好單純，單純地像是他是世界上最好的人。

「我們每個人都有被肯定的需求。」小古醫生看著幸子：「被讚美感到快樂是正常的。就像，被批評的時候感到不舒服，也是正常的。」她希望幸子也能看著自己：「只是，子安，妳知道嗎，無論是讚美還是批評，我們都有權利選擇要不要留在自己身上。並不是所有的讚美都要照單全收，也不是所有的批評都沒有意義。」幸子的眼睛只是盯著桌子上的水杯。小古醫生緩了緩口氣後，慢慢地說道：「所以，妳留下了他的讚美，不一定就要留下他說過的每一句話。雖然，要撕掉他在你身上黏著的評價，很困難也很痛苦。但我仍希望妳知道，妳擁有把它撕掉的權利。」

幸子這才抬起頭看向小古醫生。

「如果我們忘了自己其實擁有這些讚美或批評的去留選擇權，我們就只能不斷地以他人的眼光來評價自己，而為了讓自己不要有被批評的受傷感，我們會因此陷入依賴他人眼光而活的惡性循環。」小古醫生補充說道：「這就是布偶症的根本原因。不單就只是在乎別人的眼光而已。」幸子認真地看著小古醫生，小古醫生趁勢問道：「妳剛剛說的楊思之，是誰呀？」

「是我的室友。」說起楊思之的時候，幸子有些內疚。

「妳傷害她了嗎？」小古醫生看出了幸子的內疚。

「我覺得她總是在討好別人。」幸子只是這麼說。

「她討好別人，對妳而言是重要的事嗎？」小古醫生問。

「什麼意思？」

「我的意思是，如果妳會在意，是因為妳們是很要好的朋友，還是因為其他？」小古醫生認真看著幸子：「讓我們忘記自己擁有選擇權的原因往往是這兩個，自卑感，或是自尊心。」幸子再次陷入沉默。她想起自己曾經也只是看不慣而已，但不會做出刻意傷害的事情。她們算是好朋友嗎，幸子困惑地皺起眉頭。

「子安，妳喜歡自己嗎？」小古醫生柔聲問。

幸子抬起頭看向小古醫生：「什麼意思？」她只想到楊思之說的，我也討厭我自己。

「妳得先試著喜歡自己，我的意思是，試著面對妳的自卑。這個自卑也許是來自妳曾經很在乎的人，或是其他。」小古醫生優雅地聳了聳肩：「又或是天生的。但是千萬不要覺得是天生的，所有妳所感知到的世界，都是妳以自己的個性和脾氣，想像、建構出來的。包括妳的自卑。」

是嗎，幸子吶吶地盯著小古醫生，努力地消化她說的話。

「我很高興妳試著信任我。」小古醫生說，接著她站起身，拍了拍幸子的肩膀，示意今天的時間差不多了。幸子也站起身，她從側面看向小古醫生，那個從容不迫的笑容仍揚著那麼完美的弧度。「想像未來、緬懷過去，都是人之常情，但是只有透過活在『現在』，我們才能替自己創造更多的真實。」小古醫生將幸子送到門口，她不確定幸子聽不聽得懂。

在關上門之前，小古醫生又說了一句：「喔對了，記得，不被愛，不代表不值得被愛。」

幸子始終低著頭，靜靜地離開木槿診所。

這些年來，街道看似有些變化、世界看似有些不同，但仍是散漫著紛飛的棉絮，一如往常。

07

火車經過綠油油的嘉南平原，是個不太舒服的熱夏，蟬鳴增加了焦躁感。幸子睡了不太安穩的一覺。早上打了通電話給母親，母親的聲音聽起來是高興的，但幸子聽得出其中過度故作的高興。母親不敢也不想表達出傷心。幸子決定回家一趟，這事來得突然，類似一種臨界值邊緣的爆破。幸子想起小古醫生的那句「唯有活在『現在』，才能創造更多的真實」，她想試看看自己還能創造出什麼樣的真實。

抵達車站的時候大約是下午一點多，離開車站後幸子又走了一段路，家裡離火車站有一段距離，不過幸子不想搭公車。她很久沒有回來了。除了以前每一次要往更南邊去見傅里會經過以外，從來不曾逗留。

父親和母親住在一個僅二十多坪的小公寓裡，裡頭有一間約莫一點五坪的小房間，是幸子長大的地方。小公寓在距離大馬路有些距離的巷子裡，兩側都是住家，附近唯一的綠地是不遠處的國小操場。幸子先經過國小，有些人在運動，有些人在遛狗。快樂的笑鬧聲總是允許喧騰，受傷時的眼淚卻只得隱忍。

幸子轉進國小側門旁邊數來的第三個巷子，在一扇生鏽的紅色鐵門面前停下，她按了按米色骯髒的門鈴。幸子離家那天就把鑰匙丟了，以示一種「我再也不屬於這裡」的證明。無論是證明給誰看的，要有所作為了好像才能名正言順地換一種方式活下去。

母親開門的瞬間幸子聞到一股甜甜的味道，是紅豆湯。

「會不會餓。」母親沒有看向幸子，只是淡淡地說：「妳爸出去了。要不要吃一點，是冰的。」母親的口氣彷彿只是迎接幸子例行性的回家。有七年沒見了嗎，還是八年。她們都裝作不知道。幸子知道父親是刻意出門，週末父親往往都是在家的。

「嗯。」幸子點點頭，裝作若無其事地走了進來。儘管大熱天裡吃紅豆湯並不消暑，就算是冰的。家裡的格局沒什麼改變，這裡的時間似乎靜止了。幸子將包包掛在門邊的衣架上，一會兒又拿下來，那好像不是她的位置。幸子坐在餐桌邊，木製餐椅在幸子坐下時出現了擠壓的聲音，她這才感覺到有些事情不一樣了。椅子已經舊了。幸子將包包放在腿上，盯著凌亂的餐桌，是一些雜誌、宣傳單和不太重要的信件，她的動作拘謹得連自己都羞愧。

母親端來一碗紅豆湯，碗的外緣有一些滴出來的湯汁，幸子抽了一張餐桌上的衛生紙，然後把用過的衛生紙對摺，放進自己褲子右邊的口袋，因為她在以前放垃圾桶的地方看見了一台新的電扇，不知道家裡的垃圾桶現在在哪裡。

「怕妳爸吃太甜，現在都不加糖了。」母親一邊說，一邊也給自己端了一碗。幸子知道母親是怕尷尬，嘴巴若忙著咀嚼，不說話也就成了自然的事。母親手上的皺紋變多了，幸子沒有多看，因為那些皺紋並不真實，母親也是一隻布偶。幸子始終不願意看向母親，她害怕自己忘記母親原本的樣子。被告知的布偶症像是一種被灌輸的濾鏡，自此只能以這個濾鏡看世界。幸子似乎習慣了這樣的視角。

「妳要過夜嗎？」母親問。雖然母親知道機率不高。「要的話妳房間我要整理一下。」母親說。

幸子以為母親的意思是床單被套要換洗，直到她打開自己那一點五坪的房門時，她才明白母親的意思。她的房間儼然已經成為一個小儲藏室，滿布的雜物與灰塵。電影裡演的父母會將離家孩子的房間留在他離開時的樣子，僅是一種對於父母之愛的幻象，事實上擁擠的生活很容易將愛擠壓。

「原本都沒動的，」母親站在幸子身後說：「但東西越來越多了。」

「沒關係，活得久了本來就會越來越多包袱，難免。」幸子說。後來她很後悔自己使用包袱兩個字，那是說給自己聽的，她怕母親有額外的聯想。幸子將門關上，連走進去都沒有。她感覺到自己已經不是這個家的一份子。她只是這個家囤積著的舊事物。「我等等就要回台北了。」幸子說。

才剛說完她就聽見家門被打開的聲音，是父親。父親瘦弱的身子關上了門，接著直接往前陽台走去。父親連是布偶的樣子都是瘦弱的。幸子沒有多看。

「工作還好嗎？」母親終於從沉默中找到話題，幸子和她再次坐回餐桌邊。家裡是沒有客廳的。「還好。」幸子說。「平安就好。」母親說。幸子希望母親問她，妳還畫畫嗎。但母親沒有這麼問，只是說著不著邊際的話。於是幸子拿出一個大大的牛皮紙袋。

「這給你們。」幸子說。

母親接過牛皮紙袋，順勢將它打開。裡面是幸子之前畫的系列作品，第一張紙上面寫著：無傷大雅的傷心。這是幸子想要對父親和母親，還有自己說的話。這些傷心都沒關係的，都無傷大雅。靈感來自她很喜歡的那首柯智棠的〈無傷大雅的瘋狂〉。母親翻了幾張，發現是素描，便沒有再繼續翻下去：「妳自己留著吧。」母親說。

「原本就是要送你們的。」幸子說。母親搖搖頭，將圖畫紙放回牛皮紙袋裡，推回幸子面前。

「晚餐想吃什麼？」母親問：「我等等去買菜。」然後一邊站起身。

「妳一點都不想要瞭解嗎？」幸子問，語氣有些激動。

「魚湯好不好？來不及燉排骨了。」母親停下腳步，背對著幸子問道。

「媽。」幸子終於喊出她不願意喊出的稱謂，她早就把自己從這裡、從和他們的關係裡除去了。可是這次她想再試一次，想從自己分裂的生命裡，再試一次，另外一條路是否真的是死路。

「安安，」母親吸了一口氣，再緩緩地吐出來：「還是妳想去外面吃？」

幸子怔著臉。怎麼所有分歧的方向，終究都是死路一條。

「我不餓，差不多要走了。」幸子站起身，冷漠地說。她沒有伸手去拿牛皮紙袋。

「安安，」母親這才轉過身看向幸子：「妳不回家從來都沒有關係，但要有自己安心待著的地方。」幸子面無表情地盯著前方。「妳終究會離開這裡，會有妳自己的世界。」母親的眼神慢慢地移至那個牛皮紙袋。幸子也看向那個牛皮紙袋。

「人生的一半是離家，一半是回家。」母親說。

幸子將目光移至陽台，她看見父親站在陽台抽菸，一縷一縷的煙慢慢地散成半透明的薄霧，接著完全消失。幸子看著父親安靜的背影，那一刻她忽然認知到，有些傷口永遠不會好。這與是否有人先道歉、是否有人有意重修舊好無關，而是時光無法被竄改，受傷以後的日子早已經漫長地變成自己巨大且深沉的一部分，甚至融合成自己的性格，這是不可逆的。

那天幸子始終沒有跟父親說上話。從過去受傷的感受中走出來，迎接她的「真實」是無法與此刻銜接的落差。幸子心裡有一股矛盾，之於父親和母親，彷彿不再見面是遺憾，見了面卻是打擾。溫馨的回家故事沒有發生。不過坐在開往台北的火車上，幸子確實有一種「回去」的感覺，雖然還不能明確地將那裡指認為家，可是關於家的要素、關於家的可能，好像不再只侷限於父親和母親曾經給予過的經驗。同時，一股殘忍的感覺湧上，要是習慣了這種感覺，自己大概就再也不會回去了。

終究並不是所有事情都能和好如初。

幸子想著，甚至，所有的事情都不可能。比如父親和母親，比如楊思之，比如傅里。

天色漸漸暗了下來。幸子閉上眼睛決定休息一會兒。

chapter 4

十年一瞬

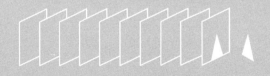

希望我們看著鏡子的時候，有一瞬間是喜歡自己的。

只要一瞬間就好。那一個瞬間裡沒有別人。

那一個瞬間，也許就能撐起我們長長的，千瘡百孔的人生。

01

沈主編的妻子生下了一個可愛的女兒，袁社長特別選在一個晴朗的日子辦了小小的慶祝派對，順便宣布報社即將結束營業，《小事生生》則無期限停刊。

自從九個多月前袁社長與沈主編開始頻繁地爭執之後，袁社長就暫停了幸子的企劃，〈創業的人〉是最後一篇《一人劇場》系列裡的採訪。袁社長採納了沈主編的建議，他們甚至討論著是不是要改成付費訂報的商業模式。看著網路上年輕人的品牌一個一個壯大，袁社長有一種自己越跑越慢的感覺。沈主編說，他的停損點是孩子出生，若出生了報社仍沒有起色，他必須和袁社長拆夥了。袁社長答應了，過於天真浪漫並養不活一個人，何況是一家報社。

幸子曾經給過創立粉絲專頁的意見，袁社長接受了，不過他們都不是懂社群經營的人，最後是袁社長提早決定放棄。

「你開始投履歷吧，我不能再耽誤你嘛。」在沈主編的女兒還沒出生之前，袁社長就先這麼告訴沈主編。如果他們還是二十初歲，大學剛畢業的兩個大男孩，也許就會繼續嘗試、繼續嘗試，試到報社有起色為止。但是袁社長心裡知道，他太晚接受，夢想需要與現實平衡，不然就只得與現實妥協。平衡與妥協是不同的，他太晚認識到。袁社長常常想起李德恩的辦公室，和李德恩爽朗直言、稚嫩卻誠懇的樣子。每一個年代，都會有人做那個撐起時代的人，也會有人是被時代淘汰、淹沒的人，袁社長心裡有底自己是哪一種人。

最後那一段時間裡，袁社長心裡想的，其實不是報社忽然開始有了豐厚的利潤，而是那可能是最後一段能夠與自己最好的朋友，做自己最喜歡的事情的時光了。他心滿意足地過完了這幾個月。

「子安妹妹，實在抱歉哪。」小派對上，袁社長帶著歉意對幸子說道。

「不會。」幸子搖搖頭，試著露出淡淡的笑容。幸子沒有發現，自己正逐漸地變成一個會露出笑容的人，尤其當看著袁社長與沈主編的時候。袁社長與沈主編的情誼是幸子不曾體會過的，看著他們總讓幸子覺得，與別人建立關係，也許沒有這麼難。

「這幾年辛苦妳了嘛，」袁社長伸出手指數了數：「有五年了吧，謝謝妳陪著我們嘛！」然後露出笑容。袁社長說完後，幸子才驚覺，時間已經默默地過了這麼久。

「不客氣。」幸子說，然後禮貌地替袁社長與沈主編斟酒。這一次袁社長的頭禪「嘛」、「的嘛」變得有點可愛。

袁社長看著逐漸被裝滿的酒杯，露出開朗的笑容，他看向沈主編，接著舉起手，示意要乾杯：「敬我們的十年嘛！」袁社長說。幸子感覺得到袁社長的捨不得，藏在快樂裡面。

原來他們大學畢業已經十多年了嗎。幸子看著袁社長與沈主編相碰的酒杯。從大一初識傳里到現在，竟也已經要十年了。好不可思議，時光的長河，讓湍急的每一個人，流向自己不得不繼續的命運。

幸子難得往市區的書店跑，下午的太陽很大，一出捷運站的時候大量假日的人潮讓她有些不適應，但她還是心情很好。幸子往信義誠品走去。今天是一個網路上很火紅的插畫家的簽書會，幸子並不是對方的粉絲，她只是想要要遠遠地看一看，那是什麼樣的場景——一個普通的人，沒有任何背景與關係，是如何地成為站在台上說話的那個人。

近十年間，人們逐漸將生活的重心移至立基於網路的社群媒體，起先社群媒體像是展演生活的地方，但漸漸地，社群媒體變成人們的其中一種生活方式，甚至是生活的一部分。是網路改變了這件事嗎，還是自己也是一個重要的影響因素。幸子站在信義誠品一樓，抬起頭往這棟建築物望去。也許網路並沒有改變人，只是讓人們用不同的方式做一樣的事、說一樣的話。不過確實，越來越多的意見領袖自網路上誕生。

幸子走進一樓挑高的大門，沿著手扶梯緩慢地往三樓移動。三樓已經擠滿了人群，幸子看不太清楚站在台上插畫家的樣子，大約只看得出來他的穿著也有點類似文青，大概像是袁社長的樣子吧，不過聽他說起話來，感覺隨和許多，不如袁社長那樣有稜角。幸子站在遠處，沒有走進人潮。如果曾經的哪一天，我聽從了楊思之的建議，也許我也會有這一天嗎。其實我也想要被看見嗎。幸子看著台上的男子，忽然覺得他很勇敢。

幸子將他新書分享會的小演講聽完後就離開了。也許再重來一次，也許就算依循著楊思之的建議，我也沒有這一天，幸子心想，不是因為我不夠好，也不是因為我討厭商業，而是我打從心底，就只想將畫畫視為一種舒緩生活的方式，並不像楊思之說的所謂紀錄。也許從來就沒有是不是要被看見的問題。父親以他既定的眼光以為，走上畫畫這條路就必須獲得比如功成名就的什麼，父親認為太辛苦太艱難，所以阻擋。但若是真心喜歡一件事情，那是不求回報的吧。儘管畫畫沒有為我帶來巨大的利益，我也喜歡著它。就和喜歡一個人一樣。就和喜歡自己一樣，就算自己沒有獲得巨大的幸福，也值得繼續被自己溫柔地善待。

回到家的時候，幸子在客廳停留了一會兒。

楊思之在與陳老闆分手後，回到了最初幸子認識她時的樣子。流連於各式的感情之間，繼續做她的禮物女孩。幸子因為成了上班族，不再頻繁地早起，在清晨時去踩落葉。但是幸子知道，楊思之又恢復了幾週就要失戀一次，喝得醉醺醺回家的狀態，常常在清晨五六點時，會聽見家裡大門打開的聲音，和跌跌撞撞的腳步聲。

那一晚幸子警覺地觀察著房間屋外的動靜，直到入睡時她確定楊思之都沒有回來後，幸子刻意地調了五點的鬧鐘。隔天她還沒五點就醒了。幸子看了看窗外灰濛濛的天空，披了一件小外套正準備要走出房門，然後又折返回來，她多帶了一件外套。初秋的清晨總有些涼意。幸子在二常公園停下，她隨意地聚集落葉，再以腳踢一踢讓落葉散開，然後又再聚集、再散開。她想見楊思之。不是那種在家裡尷尬碰見的那種見面，而是像以前一樣，雖然沒有很親密，但也不致於像現在這般疏離。幸子想要道歉。

那天見完小古醫生後，她想起自己看不慣楊思之的原因，她不喜歡楊思之討好別人，但卻忽略了，自己難免也成為了所謂的「別人」。幸子想要向楊思之道歉，無論是自己曾說出口的傷人話語，還是刻意算計的舉動。

這個清晨和往常一樣很安靜，幸子聽見車子駛進二常路的聲音，一輛黃色計程車在二常公園旁邊停了下來，楊思之從裡面走出來，腳步有些踉蹌。又去喝酒了，幸子心想，然後一邊慢慢地走向楊思之。

楊思之看了幸子一眼，然後別過臉去，自顧自地往二常公寓走去。衣服短版的露腰設計讓楊思之頻頻打了噴嚏，幸子走上前去，將小外套遞到楊思之面前。楊思之停下腳步，但沒有看向她。

「妳不是很討厭我嗎，」楊思之輕笑了一聲：「就繼續討厭吧。反正我也不喜歡自己。」然後撞開幸子的手，繼續踉蹌地往前走。

幸子跟了上去，再次伸出手：「穿上吧。」幸子說。

楊思之又輕笑了一聲。沒有再說話，直接繞過幸子，往二常公寓走去。

幸子站在原地。秋風拂過二常路，楊思之布偶般的身影，幸子已經討厭不起來，卻再也親近不了。

02

這是幸子最後一次來見小古醫生。

幸子知道這是最後一次。

她轉進還尚未熟悉的巷子，繞了好一會兒，終於看見那扇大門。幸子伸手按下銀色按鈕，那個溫柔的聲音傳來：「木槿診所您好。」

「您好，我是有預約今天下午三點的幸子安。」幸子說。

「好的，請直接上來就可以了。」那聲音說完後，鐵門照舊「喀」一聲被打開了。幸子打開鐵門，看著那一條又長又窄，直通三樓的樓梯，兩邊的牆面還是一樣乾淨雪白。幸子踏上樓梯的第一階，接著轉過身將鐵門拉上，沒有猶豫地握住扶手桿。抵達木門前一階時，幸子輕輕將門推開。

喊到她的名字時，幸子已經不那麼彆扭。她走進去時，小古醫生如往常地在掃地。

「這次沒有隔那麼久呢。」小古醫生露出笑容：「請坐。」

「這是最後一次了。」幸子淡淡地說，沒有冷漠的感覺。她不想要再被布偶症困擾著，她想要回到那個她所認為的正常世界，至少，至少走在大街上的時候，可以看不見漫天飛舞的棉絮。至少看得到照片與本人一致的楊思之，不需要受那種強烈的矛盾折磨。至少她不會那麼嫉妒舒雅。她想和這裡、和帶著已知布偶症的眼光告別。

「我只是想再弄清楚一些事情。」幸子看向小古醫生。

小古醫生優雅地坐下，緩緩地說：「請說。」

「為什麼，小時候的我們沒有布偶症？」幸子問。

「有些人很小的時候就有了，這沒有定數。而長大後，活得太自我的人，也不容易有布偶症。人們普遍認為自己再也不會受傷了，並不是真的不會受傷，而是那些傷口不願意被看見。」小古醫生說：「傷口都是被自己藏起來的。」

幸子想起她曾經活得那麼自我的樣子，雖然有著藍玫瑰，但那真的是最好的樣子嗎。幸子皺起眉頭繼續問道：「那……如果玫瑰掉了的話，我是說，如果我們的花凋謝了，還有機會再長出來嗎？」

「所有事情都是光譜，都是程度問題。」小古醫生輕輕地說：「生命是流動的，所有的東西都是流動的，包括愛，包括自由，這些美好的詞彙，包括妳的名字，妳相信的、感覺到的事。因為沒有事情是恆常的，所以變化往往會導致失衡，在失衡的過程裡，有些人會找到和失衡共處的方法，也許是自欺欺人、也許是埋怨，也或許是積極地尋求改變。」小古醫生認真地看著幸子：「所以會不會再長出花來，端看妳怎麼面對自己的失衡。」

「長大後要面對的東西好多，好麻煩。」幸子嘆了一口氣，像是一個天真而善感的女孩。小古醫生露出笑容，這與第一次看見那個防備心很重的女生截然不同。

「妳知道嗎，其實，我很不喜歡人們帶著負面的語氣說『長大後的人生變得很複雜』，好像孩子般的生活就是最好的。為什麼要去污名化長大呢，每個階段都有它美好的地方，長大讓我們有能力承擔更多人的眼光，有能力突破這些，堅持做自己喜歡的事。甚至，更敢於承認脆弱。」小古醫生說。

「可能，說這些話的人，無力處理長大的複雜吧。」幸子邊說邊低下頭：「或甚至覺得，自己不擁有長大的資格。就是，成為一個優雅的大人的資格。」

「為什麼妳覺得自己沒有資格呢？」

「因為我很醜。」幸子終於說出了心底話：「我很醜。」幸子再說了一次。她始終沒有將傅里說過的話轉述給小古醫生，只是低著頭繼續說道：「那種心美最重要的話，對醜女生而言是一個謊言。醜女生永遠不懂，為什麼心美最重要。漂亮女生高高在上，用漂亮的嘴唇、優雅的姿態說起這些話讓自己顯得有智慧和內涵，但其實這只是一個他們說給自己聽的謊言，漂亮的女生只是想要以此繼續閃閃發光。而醜女生只能繼續待在角落，努力用這些話安慰自己，卻每一次感受到安慰，同時又感覺到被傷害。這種安慰是不對等的。是九十分的人對七十分的人的安慰。」

小古醫生微微皺起眉，但是很不明顯，她將身子往後傾，靠向身後的沙發：「子安，我很抱歉，因為我無法告訴妳妳是好看的，還是不好看的。」小古醫生深呼吸了一口氣：「妳覺得好看，那就是好看的。」

幸子愣愣地看著小古醫生。她雖然聽過很多人說要愛自己，但往往那也變成一種莫名的綑綁，所以能選擇不愛自己嗎，不愛自己的人就等於做錯了什麼嗎。幸子從小古醫生的眼神裡看見一個閃爍著的答案——妳可以決定要不要愛自己，一如妳可以決定要怎麼看待自己。那都是妳的決定，但是決定了以後，就要接受自己的選擇，不能做了決定以後，卻渴望著別人的結果。幸子這才懂上次小古醫生說的，布偶症的根本原因是什麼。

「我能不能問妳最後一個問題。」幸子邊說邊看向小古醫生的手指。她確定那是人的手指，儘管無法知道會不會流血，但那是人的手指應有的形狀，不是布偶般圓圓鼓鼓的。其實上一次幸子就想問了，只是還不知道該如何開口。小古醫生露出慣有的溫柔笑容點點頭。

「為什麼妳沒有布偶症。」幸子說：「除了舒雅，幾乎所有人都有。」

「妳現在仍覺得布偶症是不正常的嗎？」小古醫生說。同時幸子看見小古醫生變得僵硬的雙手。

幸子沒有說話，也沒有表情。在剛剛和小古醫生談話以前，她仍認為布偶症是不正常的，但她現在已經不太確定了。

小古醫生站起身，挺直著腰地站在那裡，臉上仍是那單一的笑容。幸子抬頭看向小古醫生。小古醫生將兩手伸到背後，右手從上面觸碰到自己的脖子，左手從腰際觸碰到自己的背脊。像是脫洋裝的動作。幸子聽見拉鏈被拉開的聲音。小古醫生胸前的洋裝變得鬆垮，接著連小古醫生的手臂也開始變得鬆垮，幸子看見些許棉絮飄出，那鬆垮的外型連成一個面，然後有一隻布偶的腳從那面洋裝連接著的皮膚後面伸出來，然後那一整片像外衣一樣的東西掉落在地上，一隻布偶出現在幸子面前。

幸子瞪大眼，小古醫生臉上仍然是那一貫的笑容。她直直盯著小古醫生的眼睛。小古醫生將手移至自己的脖子，從脖子以上脫落的縫線往上翻，那是一層皮膚色的橡膠，像是脫衣服的動作，小古醫生將皮膚色的橡膠完全翻起，露出她真正的臉。不同於起初對小古醫生有點叛逆又花俏的印象（紅頭髮與大大的耳環），眼前站著的是一個黑色頭髮的普通女人。幸子只看得出這樣，其餘的部分就是一隻普通在路上隨處可見的布偶，不像楊思之那麼嚴重，也沒有之前的自己那樣輕微。

小古醫生自幸子前面坐下：「這是一件正常的事。」小古醫生說：「就像，我會在意每一個來到這裡的患者對我的看法。身為醫生，我本來就應該要在意，這是我的工作。」

幸子還沒有回過神來。小古醫生是穿著人皮的布偶。幸子想起第一次見到小古醫生時，從她背面看見的拉鍊甚至超出了衣服的範圍像是貼在脖子上，原來是真的黏在脖子上，不是幸子看錯。幸子瞪大眼睛，她終於明白為什麼自己總覺得小古醫生的外型與她的個性並不搭調，也是為什麼，小古醫生永遠是這個單一的笑容。原來每一次小古醫生在掃的不是別人的棉絮，而是她自己的。

「沒有人能真的捨下所有人的期待，在乎別人的眼光或期待並不可怕，真正可怕的是過於絕對地認為這樣是不好的、不對的。」小古醫生露出了幸子沒有看過的笑容：「那會帶著自己走向極端。當社會過於提倡做自己的時候，我們會忘了，有時候，些微的退讓是讓自己能夠去善待他人和善待自己。尤其那些我們在乎的、我們愛的人。尤其當我們討厭自己的時候。」

「我也不是一個美麗的女人，」小古醫生坐回沙發上，雖然小古醫生這麼說，但幸子覺得小古醫生笑起來很好看：「可是什麼是美呢。」這句話並不像問句。小古醫生繼續說：「人不應該只用美醜來劃分，我們也不應該單就以美醜來評價自己。」

幸子試著也想露出像小古醫生一樣的笑容。

「如果妳無法改變，就只能學著接受。」小古醫生說：「這看起來像是老生常談，但事實就是當我們沒有真正接受自己的現況，就永遠會認為自己並不足夠，並且無法透過活在『當下』，替自己創造更多的真實。」這是小古醫生第二次說出這句話，幸子似懂非懂地看著著小古醫生。小古醫生繼續說道：「沒有人是足夠的。我們努力的目標，除了盡可能以改變自己去消弭這種不完美帶來的自卑感以外，同時更要試著將這種不夠完美的狀態視為正常。我們常常會以為當自己解決了某個煩惱，一切的煩惱就都會被解決。事實是，擁有煩惱、擁有不完美的生活、不完美的身體，這是很平常的事。」

在看見小古醫生脫下橡膠人皮的臉之前，幸子仍不太敢將所有她說的話都聽進去。此刻幸子看著小古醫生的臉，她覺得自己好像不只看見了小古醫生布偶般的臉蛋，恍惚中甚至也看見了她真正的臉，一張白白淨淨的鵝蛋臉。

「所以呀，在乎別人的眼光是正常的，脆弱是正常的，自卑也是正常的。但是不要因為自己的自卑，讓妳錯過了想要的生活，和善待妳的人。」小古醫生說：「自卑會傷人，尤其會傷害到自己。」

「醫生，妳好漂亮。」幸子看著小古醫生，忍不住這麼說。就像艾瑪第一次遇見幸子時，忍不住地稱讚一樣。小古醫生淺淺地笑了，相比起那個橡膠般的臉皮露出的優雅笑容，幸子覺得這個笑容親切許多。

「每個人都有漂亮的地方，有時候很明顯，而有時候需要時間去發現。」

小古醫生站起身，示意她覺得今天的對話已經差不多到了尾聲。幸子也站起來，她再次露出淡淡的笑容，點了點頭，然後朝木門走去。走了幾步後，幸子像是想到什麼似地回過頭：「醫生，妳的花是木槿嗎？」

小古醫生點點頭。

「那妳為什麼沒有把凋落的花瓣收藏起來？」

「因為我相信有一天它會再長出來，也可能它早就已經長出來了，只是長在我的心臟上面，所以沒有被看見也沒關係，我知道它在那裡。」

幸子點點頭：「謝謝妳。」

「不客氣。」小古醫生也點了點頭。

幸子關上木門，經過櫃台的時候，她發現從大型木板與櫃台之間的縫隙看向坐在裡面的女人，布偶般的腰際與纖細的腰形重疊在一起。幸子搖搖頭，離開了木槿診所。

幸子再次回到熱鬧的大街上，有些棉絮像星星一樣地閃爍著，看起來像是快要消失。她不知道這是怎麼了。人海簇擁著她，幸子深深吸了一口氣。有一瞬間，她覺得這十年很輕，輕得就像這些棉絮，在快要掉落在自己的身上、變成自己的輪廓之前，幸子輕輕地將肩膀上的棉絮拍去。

03

幸子側躺在床上，盯著放在書桌上的小古醫生給的裝著藍色玫瑰花瓣的玻璃瓶。玫瑰花瓣因為缺少水分又長期日曬的關係，已經顯得有些灼黑。無論怎樣好好保護，還是會乾裂、破損。那真的是從自己身上長出來的東西嗎，幸子心想，如果是的話，怎麼會需要在自己之外被小心翼翼地保護著。幸子翻過身，背對著那個玻璃瓶。傅里沒有錯，幸子想著，自己也沒有錯，傷害不一定是來自於誰做錯了什麼，也許就只是要的不一樣而已。幸子將眼睛閉上。

那天下午幸子去買了一面新的鏡子，將鏡子掛在客廳旁的白色牆面上。她站在鏡子前面，去努力地瘦身也好，不瘦身也好。去努力地追求某種樣子，不追求也好。只要願意面對就好。幸子回到房間裡，將玻璃瓶打開，接著將花瓣倒進垃圾桶，幸子從書櫃上抽出一個資料夾，裡面是她畫的布偶楊思之。這一系列的畫作從來沒有任何人看過，幸子並不在意，她正學著自己作出評價與選擇。幸子將垃圾袋綁起來，拿了出去，另外也拿起有著楊思之的素描和那個玻璃瓶。幸子走到街口的回收區，將它們放在回收籃裡。幸子露出自己看不見的笑容。回到家後，她寫了一張便條紙，貼在鏡子上面。那是她第一次稱楊思之為「思思」。

十月初的台灣仍有些悶熱，不過起風時總是很舒服。幸子在初秋時搬出了二常公寓，她拖著兩個大行李箱，沒有將任何落葉聚集，只是自然地經過。幸子的身影離二常公寓越來越遠，越來越遠。居住在既有的文化與社會脈絡下所定義的正常與不正常之間，實在太擁擠了，擁擠得難免將自己擠壓變形。離開二常路的途中，幸子發現路上的棉絮漸漸消失了，當她轉出巷子，走上大馬路時，幸子看著這個城市的人們一一恢復成人型的樣子，不再是蓬鬆的布偶。她低頭看了看自己的身體，唯一沒有縮小的是她的四肢和小腹。幸子再次露出笑容。她知道快樂並不會因此改變任何存在於過去的痛苦的事情，但她仍忍不住上揚著嘴角。

捨去布偶症帶來的既定眼光，仍然會有讓人嫉妒的事情或無法一眼看清的事情發生，不過那些嫉妒與一眼就被迅速建立的印象，缺乏對脈絡的理解與對人的關心，甚至當這樣的印象過度強烈到變成了偏見，這些原本只是對他人的偏見，會漸漸轉移成對自己的偏見。自卑最終會使人低得像塵埃。

幸子仔細地看向城市裡的各個身影，忙碌的上班族、路邊的小販、飲料店的打工仔、交通警察和校外教學的小朋友們，沒有棉絮的城市真好看。幸子眨了眨眼，不知道在哪一個瞬間，她再也看不見人們到底是不是布偶，也沒有人看得見，她的頭上多了一株小小的幼苗。

思思，希望我們看著鏡子的時候，有一瞬間是喜歡自己的。
只要一瞬間就好。那一個瞬間裡沒有別人。
那一個瞬間，也許就能撐起我們長長的，千瘡百孔的人生。

後記

終於再次來到這樣的時光，將一本書書稿撰寫、整理完成後的最後一個步驟。這是自己的第三本常態性出版作品，同時也是非常新鮮的一次：我終於完成了自己的第一本長篇小說。現在的心裡就和第一次出書一樣興奮。

小時候第一個關於寫作的夢想，受到了當時火紅的《哈利波特》影響，我便也想試著寫帶有奇幻色彩的故事，是故事還是小說，自己也說不清。後來在成長過程中，逐漸依賴於文字書寫來抒發難捱的情緒，寫著寫著，便寫出了更多偏向散文、雜文的作品。很慶幸是那樣的作品帶著我，在二〇一五年時遇見了三采出版社，遇見了所謂讀者、所謂新世代的網路社群，也帶著我實現了最初對自己的小小想像。

其實自二〇一六年第一本書《把你的名字曬一曬》出版後，我就開始不定時地練習寫小說，無論是短篇或長篇。我深知自己的第一本書是網路書寫的集結，網路書寫與出版作品之間的異同，在曬一曬之後一直是我在思考的事情。網路有它快速傳遞、超文本、高度互動等有趣好玩的特性，但是出版品亦有它安靜厚實、能夠有具體細節與設計的特質，儘管自己看似是自網路出生的作者，但我一直希望能夠有機會結合兩種媒材的優點，讓自己的書寫作品更為完整。所以，我不能一直停在網路書寫、集結、網路書寫、集結的迴圈裡，而這個想法恰巧也就替我想要嘗試挑戰寫小說的念頭增加了動力。

另一部分，是在我出版了四本常態與非常態性的散文作品後，逐漸認知到，散文已不知不覺變成我的書寫舒適圈。我想要試著組織更長的篇幅，試著去編排一個故事的情節、一個角色的個性，而非停留在描述性與感慨性質的書寫。很高興在無數次故事發想（接著後繼無力）、無數次的練習與調整後，有了這一本《二常公園》。

第一次冒出這個故事的初步概念是二〇一八年八月左右，某次與朋友聊起自己在做決定時，會有人說什麼什麼，或是別人會覺得怎麼樣怎麼樣，朋友問了我好幾次「有人」是誰、「別人」是誰，我才驚覺我不知道我正在在乎的是誰的感受，而無論是誰的，我都沒有將自己納入思考。這與以前無所畏懼的自己完全不同。那些「有人」與「別人」，大概就代表著小時候常聽見人們談起的所謂「別人的眼光」。

那天回家的路上我覺得很失落，覺得原來自己在做決定的時候，已經有一股被莫名支配的感覺，像一個布偶。而最可怕的是，我竟沒有意識自己正在被他人的眼光無形地支配著。那時候甚至閃過一個消極的念頭，要是我真的是一個布偶，會不會好一點，因為身體裡都是棉絮，軟綿綿的，就算失落得站不穩、跌倒了，也不會痛，就算被傷害了，心臟也都是棉絮，也不會有痛覺。沒有自我意識，會不會簡單一點。於是，我的心裡就浮出了「布偶症」這樣的想法，綜合著我曾經練習過的角色性格、故事情節，我很快地將故事初步拼湊。

記得那天走在中山捷運站附近時，我等著紅綠燈，看著身邊經過的每一個路人，我不斷地在揣測，他們是不是也正在被無形的眼光支配著，如果大家都是布偶的話，現在應該有著滿天飛舞的棉絮吧。若真如此，也許台北的八月，正悄悄地下著隱形的雪。這個城市早已經被棉絮籠罩。棉絮就像是他人的眼光進入了自己的身體，將自己變質後的產物。接著，我便開始下筆書寫，期間不斷地遇到問題，從散文描述式的書寫轉換至小說鋪陳式的情節推進，耗了我很多的心神。同時也對自己進行了諸多的挖掘，對身邊的許多親朋好友進行大量提問。

這整個故事圍繞著一個狀態：自卑。

在採集許多人的想法後，我發現真正讓我們過度在意別人眼光的原因是自卑，而這個世界紛飛的耳語，總能輕易地使人們帶著偏誤去認識自己，這樣的惡性循環，會造成我們離自己很遠，離他人的話語卻很近，甚至我們會開始連連看，把故事串成總是在傷害自己的樣子，因為漸漸地，已經不再認為自己值得被保護或善待，最後陷入無法得到舒緩的受傷感，但又為了要繼續生活下去，而變得麻木。

記得在書寫的過程裡，生活上發生了某件讓我沮喪的事情，我跟出版社的夥伴說：「我覺得自己很脆弱。」當時的我是以討厭自己的角度說出的，我討厭我很脆弱，我覺得我應該要很堅強才對，我應該要被傷害了但不感覺到痛，還能從容自在地活。出版社的夥伴只傳了一句話給我：「脆弱是正常的。」那一刻我便決定了這個故事裡關於小古醫生的結局。

在許多執著於自我厭惡的死胡同裡時，會忘記自己其實平凡得會受傷、會疼痛、會不甘心會遺憾。我希望書寫那些再正常不過的扭曲狀態，去提醒自己，不需要總是如此討厭自我。我們不是完美的，會不小心傷害到別人，也會不小心傷害到自己。

而這些狀態，其實是許多小事的累積，或是說，都體現在許多小事上面，於是故事裡的許多情節其實都是很小的事情，而不是什麼轟轟烈烈的大事。常常我會覺得，我們熬得過的都是大事，過不去的卻是小事。在書寫這個故事的過程中，我也漸漸發現，許多俗諺說的並不是大道理，而是談論如何與這些生活中常態性的消耗共存的柔軟細節。它們被廣為流傳不是因為偉大，是因為面對了生命裡許多渺小的瞬間。

於是就這樣，集結著一點一點對自我、對他人的探問，我將這個故事寫了下來。很高興我寫了這樣一個故事。其實我把很多我做不到的寄託在角色身上，尤其是幸子。我不想要幸子是在自我討厭的心態下去瘦身、去變得漂亮，這樣她會過度地將一定要漂亮的人才有資格快樂、有資格喜歡自己、有資格被喜歡連結在一起。我希望幸子是在接受自己的現況、接受自己不完好的狀態下，才去選擇要不要變得漂亮（變成她認為漂亮或自在的樣子，或是社會情境裡建立的美的樣子）我希望幸子重新對生命帶著的希望裡，不再有那麼多的天真浪漫，希望幸子的生命在添入了一些現實裡殘酷的元素後，仍願意抱持希望。這些希望，都是我正在學習的。

我想傳達的，除了自卑的生成與面對以外，還有也想稍微平反一下那句常聽到的「不要在乎別人的眼光」。我認同這句話，同時也想表達，若我們真的有這樣的狀態產生，那也是正常的。負擔別人的眼光是一種需要反覆練習的能力，要負擔多少、要以什麼方式在乎，要照顧自己的感受多一點、還是身邊所愛之人的感受多一點，其實都是平衡的過程，而非決絕的二分。

如同將角色們居住的環境以二常公寓、二常公園、二常路去命名一樣，想要寫的其實是在我們以為的正常與不正常（二常）之間，還有無數選擇和可能，其中可能有寂寞的時刻，但可以以寂寞恢復自己的複雜性，不以此拒絕生命的百態。尤其二常公園，我喜歡公園的意象，它是開放的空間，人們可以隨時到來、隨時離開，而在二常之間，我們亦有可以隨時到來，隨時離開的權利。

最後一點與故事有關的，是艾瑪這個角色。因為自己的理念是支持同志婚姻的，所以將一個角色設定為同性戀者，我覺得這樣的角色不應該被排除在我的故事之外，不過因為故事的時序設定是早於《司法院釋字第748號解釋施行法》實施之前，很遺憾我的角色沒有等到這條施行法實行，但是也很感謝，有許多現實生活裡的朋友，能夠一起參與台灣正緩慢進步的時刻。

很高興在我花了近七個月的構思與撰寫後，能如期完成這個作品。因為是第一次寫長篇故事，我知道其中還有很多不足，但也知道，沒有足夠的時候，這是現階段我可以做出的最大努力的作品了。這一路上要非常感謝我的出版團隊，尤其是編輯與經理，編輯大概看了不知道有沒有十幾版（還是幾十版）的稿子，但是她總是不厭其煩地和我討論，我卡住的地方、我困惑的地方、我害怕過於赤裸或偏頗的地方。

記得有一次我跟編輯說，我寫著寫著，覺得這個故事好無聊，好像沒有出版的價值。編輯只問我，妳寫得快樂嗎。我說，當然快樂呀，每每在為了稿子絞盡腦汁的時候，都覺得滿腔熱血、有著強烈的富足感。然後編輯說，妳寫得很快樂那就好了呀，出版之後的事情，盡人事、聽天命，不要多想，只要專注於妳享受寫作的當下。謝謝是這樣的出版團隊，讓我沒有後顧之憂盡情地書寫著，經歷了前四本書的出版，這一次心裡很是平靜。同時，也謝謝出版社的各個夥伴，行銷、美編、業務、法務、通路、採購等等，謝謝你們做我的後盾，謝謝我們又一起完成了一個作品。

最後，也謝謝我的家人和朋友，尤其妹妹張凱，在書寫過程中不斷地和我討論、給予鼓勵。也要謝謝我的讀者們，這一本書裡也許藏著一些不同面向的我，但還是想邀請你們進入二常公園（笑）。

最最後，謝謝親愛的自己，不夠完美，所以才總能有不斷前進與調整的空間。希望妳身上所有因為匱乏而招致的痛苦，都能在願意欣賞自己的瞬間被平息。

張西

寫於二〇一九年三月七日

隱藏驚喜。在讀完故事之後

書末藏著張西親手繪製給讀者的小驚喜！

《二常公園》——幸子安插畫展

一封幸子給你和妳的未來邀請函：

「謝謝你和妳讀完了這個故事，接下來我想邀請你和妳來參加我的第二場個人畫展《二常公園》。

同時，這也是一份祝福，你和妳可以將它寄給身邊的好朋友，邀請他和她一起來到《二常公園》走走、停停。

希望我們身上那些被無數傷心掩蓋住的好看的自己，都能再次被找到。」

——幸子

國家圖書館出版品預行編目資料

二常公園 / 張西作 .
-- 臺北市 : 三采文化 , 2019.05
面 ;　公分 . --（愛寫 ; 29）

ISBN 978-957-658-146-5（平裝）

855　　108003944

suncolor 三采文化集團

愛寫 29

二常公園

作者｜張西
副總編輯｜鄭微宣　責任編輯｜鄭微宣、劉汝雯
美術主編｜藍秀婷　封面設計｜高郁雯　內頁版型｜藍秀婷　美術編輯｜Claire Wei
專案經理｜張育珊　行銷企劃｜周傳雅

發行人｜張輝明　總編輯｜曾雅青　發行所｜三采文化股份有限公司
地址｜台北市內湖區瑞光路 513 巷 33 號 8 樓
傳訊｜TEL:8797-1234　FAX:8797-1688　網址｜www.suncolor.com.tw
郵政劃撥｜帳號：14319060　戶名：三采文化股份有限公司
初版發行｜2019 年 5 月 3 日　定價｜NT$340
3 刷｜2022 年 3 月 15 日

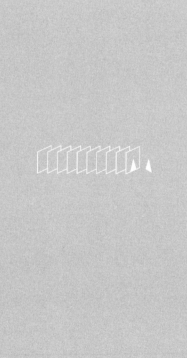